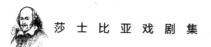

莎士比亚戏剧集

暴风雨·冬天的故事

（英）威廉·莎士比亚 著　朱生豪 译

北方联合出版传媒(集团)股份有限公司
万卷出版公司

© （英）威廉·莎士比亚　2014

图书在版编目（CIP）数据

暴风雨·冬天的故事 / （英）莎士比亚著 ；朱生豪
译. -- 沈阳：万卷出版公司，2014.9
（莎士比亚戏剧集）
ISBN 978-7-5470-3190-2

Ⅰ. ①暴… Ⅱ. ①莎… ②朱… Ⅲ. ①剧本—作品集
—英国—中世纪 Ⅳ. ①I561.33

中国版本图书馆CIP数据核字（2014）第196358号

暴风雨·冬天的故事

责任编辑	姜艳波	
出 版 者	北方联合出版传媒（集团）股份有限公司	
	万卷出版公司	
联系电话	024-23284090　　010-57454988	
经　　销	各地新华书店发行	
印　　刷	北京一鑫印务有限责任公司	
版　　次	2014年10月第1版	
印　　次	2019年1月第2次印刷	
成品尺寸	155mm×220mm	
印　　张	12	
字　　数	140千字	
书　　号	978-7-5470-3190-2	
定　　价	23.80元	

丛书所有文字插图版式之版权归出版者所有　任何翻印必追究法律责任
常年法律顾问：徐涌　版权专有 侵权必究　举报电话：024-23284090 010-57262357
如有质量问题，请与印务部联系。联系电话：010-57262361

目　录

暴风雨

剧中人物

阿隆佐　那不勒斯王

西巴斯辛　阿隆佐之弟

普洛斯彼罗　旧米兰公爵

安东尼奥　普洛斯彼罗之弟，篡位者

腓迪南　那不勒斯王子

贡柴罗　正直的老大臣

阿德里安

弗兰西斯 　　侍臣

凯列班　野性而丑怪的奴隶

特林鸠罗　弄臣

斯丹法诺　酗酒的膳夫

船长

水手长

众水手

米兰达　普洛斯彼罗之女

爱丽儿　缥缈的精灵

伊里斯

刻瑞斯

朱 诺　　　　　由精灵们扮演

众水仙女

众刈禾人

其他侍候普洛斯彼罗的精灵们

地 点

海船上；岛上

暴
风
雨

3

第一幕

第一场　在海中的一只船上。
暴风雨和雷电

船长及水手长上。

船长　老大！

水手长　有，船长。什么事？

船长　好，对水手们说：出力，手脚麻利点儿，否则我们要触礁啦。出力，出力！（下。）

众水手上。

水手长　喂，弟兄们！出力，出力，弟兄们！赶快，赶快！把中椇帆收起！留心着船长的哨子。——尽你吹着怎么大的风，只要船儿掉得转头，就让你去吹吧！

阿隆佐、西巴斯辛、安东尼奥、腓迪南、贡柴罗及余人等上。

阿隆佐 好水手长，小心哪。船长在哪里？放出勇气来！

水手长 我劳驾你们，请到下面去。

安东尼奥 老大，船长在哪里？

水手长 你没听见他吗？你们妨碍了我们的工作。好好地待在舱里吧；你们简直是跟风浪一起来和我们作对。

贡柴罗 哎，大哥，别发脾气呀！

水手长 你叫这个海不要发脾气吧。走开！这些波涛哪里管得了什么国王不国王？到舱里去，安静些！别跟我们麻烦。

贡柴罗 好，但是请记住这船上载的是什么人。

水手长 随便什么人我都不放在心上，我只管我自个儿。你是个堂堂枢密大臣，要是你有本事命令风浪静下来，叫眼前大家都平安，那么我们愿意从此不再干这拉帆收缆的营生了。把你的威权用出来吧！要是你不能，那么还是谢谢天老爷让你活得这么长久，赶快钻进你的舱里去，等待着万一会来的恶运吧！——出力啊，好弟兄们！——快给我走开！（下。）

贡柴罗 这家伙给我很大的安慰。我觉得他脸上一点没有命该淹死的记号，他的相貌活是一副要上绞架的神气。慈悲的运命之神啊，不要放过了他的绞刑啊！让绞死他的绳索作为我们的锚缆，因为我们的锚缆全然抵不住风暴！如果他不是命该绞死的，那么我们就倒楣了！（与众人同下。）

> 水手长重上。

水手长 把中桅放下来！赶快！再低些，再低些！把大桅横帆张起来试试看。（内呼声）遭瘟的，喊得这么响！连风暴的

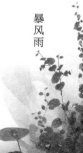

暴风雨

5

声音和我们的号令部被压得听不见了——

西巴斯辛、安东尼奥、贡柴罗重上。

水手长 又来了？你们到这儿来干么？我们大家放了手，一起淹死了好不好？你们想要淹死是不是？

西巴斯辛 愿你喉咙里长起个痘疮来吧，你这大喊大叫、出口伤人、没有心肝的狗东西！

水手长 那么你来干一下，好不好？

安东尼奥 该死的贱狗！你这下流的、骄横的、喧哗的东西，我们才不像你那样害怕淹死哩！

贡柴罗 我担保他一定不会淹死，虽然这船不比果壳更坚牢，水漏得像一个浪狂的娘儿们一样。

水手长 紧紧靠着风行驶！扯起两面大帆来！把船向海洋开出去；避开陆地。

众水手浑身淋湿上。

众水手 完了！完了！求求上天吧！求求上天吧！什么都完了！

（下。）

水手长 怎么，我们非淹死不可吗？

贡柴罗 王上和王子在那里祈祷了。让我们跟他们一起祈祷吧，大家的情形都一样。

西巴斯辛 我真按捺不住我的怒火。

安东尼奥 我们的生命全然被醉汉们在作弄着。——这个大嘴巴的恶徒！但愿你倘使淹死的话，十次的波涛冲打你的尸体！①

---

①当时英国海盗被判绞刑后，在海边执行；尸体须经海潮冲打三次后，才许收殓。

贡柴罗　他总要被绞死的，即使每一滴水都发誓不同意，而是要声势汹汹地把他一口吞下去。

　　幕内嘈杂的呼声　——"可怜我们吧！"——"我们遭难了！我们遭难了！"——"再会吧，我的妻子！我的孩儿！"——"再会吧，兄弟！"——"我们遭难了！我们遭难了！我们遭难了！"——

安东尼奥　让我们大家跟王上一起沉没吧！（下。）

西巴斯辛　让我们去和他作别一下。（下。）

贡柴罗　现在我真愿意用千顷的海水来换得一亩荒地；草莽荆棘，什么都好。照上天的旨意行事吧！但是我倒宁愿死在陆地上，（下。）

第二场　岛上。普洛斯彼罗所居洞室之前

　　普洛斯彼罗及米兰达上。

米兰达　亲爱的父亲，假如你曾经用你的法术使狂暴的海水兴起这场风浪，请你使它们平息了吧！天空似乎要倒下发臭的沥青来，但海水腾涌到天的脸上，把火焰浇熄了。唉！我瞧着那些受难的人们，我也和他们同样受难；这样一只壮丽的船，里面一定载着好些尊贵的人，一下子便撞得粉碎！啊，那呼号的声音一直打进我的心坎。可怜的人们，他们死了！要是我是一个有权力的神，我一定要叫海沉进地中，不让它把这只好船和它所载着的人们一起这样吞

暴风雨

没了。

普洛斯彼罗 安静些，不要惊骇！告诉你那仁慈的心，一点灾祸都不会发生。

米兰达 唉，不幸的日子！

普洛斯彼罗 不要紧的。凡我所做的事，无非是为你打算，我的宝贝！我的女儿！你不知道你是什么人，也不知道我从什么地方来；你也不会想到我是一个比普洛斯彼罗——一所十分寒伧的洞窟的主人，你的微贱的父亲——更出色的人物。

米兰达 我从来不曾想到要知道得更多一些。

普洛斯彼罗 现在是我该更详细地告诉你一些事情的时候了。帮我把我的法衣脱去。好，（放下法衣）躺在那里吧，我的法术！——揩干你的眼睛，安心吧！这场凄惨的沉舟的景象，使你的同情心如此激动，我曾经借着我的法术的力量非常妥善地预先安排好；你听见他们呼号，看见他们沉没，但这船里没有一个人会送命，即使随便什么人的一根头发也不会损失。坐下来；你必须知道得更详细一些。

米兰达 你总是刚要开始告诉我我是什么人，便突然住了口，对于我的徒然的探问的回答，只是一句"且慢，时机还没有到"。

普洛斯彼罗 时机现在已经到了，就在这一分钟它要叫你撑开你的耳朵。乖乖地听着吧。你能不能记得在我们来到这里之前的一个时候？我想你不会记得，因为那时你还不过三岁。

米兰达 我当然记得，父亲。

普洛斯彼罗 你怎么会记得？什么房屋？或是什么人？把留在你

脑中的随便什么印象告诉我吧。

米兰达 那是很遥远的事了，它不像是记忆所证明的事实，倒更像是一个梦。不是曾经有四五个妇人服侍过我吗？

普洛斯彼罗 是的，而且还不止此数呢，米兰达，但是这怎么会留在你的脑中呢？你在过去时光的幽暗的深渊里，还看不看得见其余的影子？要是你记得在你未来这里以前的情形，也许你也能记得你怎样会到这里来。

米兰达 但是我不记得了。

普洛斯彼罗 十二年之前，米兰达，十二年之前，你的父亲是米兰的公爵，并且是一个有权有势的国君。

米兰达 父亲，你不是我的父亲吗？

普洛斯彼罗 你的母亲是一位贤德的妇人，她说你是我的女儿；你的父亲是米兰的公爵，他的唯一的嗣息就是你，一位堂堂的郡主。

米兰达 天啊！我们是遭到了什么样的奸谋才离开那里的呢？还是那算是幸运一桩？

普洛斯彼罗 都是，都是，我的孩儿。如你所说的，因为遭到了奸谋，我们才离开了那里，因为幸运，我们才飘流到此。

米兰达 唉！想到我给你的种种劳心焦虑，真使我心里难过得很，只是我记不得了——请再讲下去吧。

普洛斯彼罗 我的弟弟，就是你的叔父，名叫安东尼奥。听好，世上真有这样奸恶的兄弟！除了你之外，他就是我在世上最爱的人了；我把国事都托付他管理。那时候米兰在列邦中称雄，普洛斯彼罗也是最出名的公爵，威名远播，在学问艺术上更是一时无双。我因为专心研究，便把政治放到

暴风雨

9

我弟弟的肩上，对于自己的国事不闻不问，只管沉溺在魔法的研究中。你那坏心肠的叔父——你在不在听我？

米兰达 我在聚精会神地听着，父亲。

普洛斯彼罗 学会了怎样接受或驳斥臣民的诉愿，谁应当拔擢，谁因为升迁太快而应当贬抑，把我手下的人重新封叙，迁调的迁调，改用的改用；大权在握，使国中所有的人心都要听从他的喜恶。他简直成为一株常春藤，掩蔽了我参天的巨干，而吸收去我的精华。——你不在听吗？

米兰达 啊，好父亲！我在听着。

普洛斯彼罗 听好。我这样遗弃了俗务，在幽居生活中修养我的德性；除了生活过于孤寂之外，我这门学问真可说胜过世上所称道的一切事业；谁知这却引起了我那恶弟的毒心。我给与他的无限大的信托，正像善良的父母产出刁顽的儿女来一样，得到的酬报只是他的同样无限大的欺诈。他这样做了一国之主，不但握有我的岁入的财源，更僭用我的权力从事搜括。像一个说谎的人自己相信自己的欺骗一样，他俨然以为自己便是一个不折不扣的公爵。处于代理者的位置上，他用一切的威权铺张着外表上的庄严；他的野心于是逐渐旺盛起来——你在不在听我？

米兰达 你的故事，父亲，能把聋子都治好呢。

普洛斯彼罗 作为代理公爵的他，和他所代理的公爵之间，还横隔着一重屏障，他自然希望撤除这重屏障，使自己成为米兰大权独揽的主人翁。我呢，一个可怜的人，书斋便是我广大的公国，他以为我已没有能力处理政事。因为一心觊觎着大位，他便和那不勒斯王协谋，甘愿每年进贡臣服，把他自己的冠冕俯伏在他人的王冠之前。唉，可怜的米兰！一个从来不曾向别人低首下心过的邦国，这回却遭到了可耻的卑屈！

米兰达 天哪！

普洛斯彼罗 听我告诉你他所缔结的条款，以及此后发生的事情，然后再告诉我那算不算得是一个好兄弟。

米兰达 我不敢冒渎我的可敬的祖母，然而美德的娘亲有时却会生出不肖的儿子来。

普洛斯彼罗 现在要说到这条约了。这位那不勒斯王因为跟我有根深蒂固的仇恨，答应了我弟弟的要求，那就是说，以称臣纳贡——我也不知要纳多少贡金——作为交换的条件，他当立刻把我和属于我的人撵出国境，而把大好的米兰和一切荣衔权益，全部赏给我的弟弟。因此在命中注定的某夜，不义之师被召集起来，安东尼奥打开了米兰的国门；在寂静的深宵，阴谋的执行者便把我和哭泣着的你赶走。

米兰达 唉，可叹！我已记不起那时我是怎样哭法，但我现在愿意再哭泣一番。这是一件想起来太叫人伤心的事。

普洛斯彼罗 你再听我讲下去，我便要叫你明白眼前这一回事情，否则这故事便是一点不相干的了。

米兰达 为什么那时他们不杀害我们呢？

晋洛斯彼罗 问得不错，孩子，谁听了我的故事都会发生这个疑问。亲爱的，他们没有这胆量，因为我的人民十分爱戴我，而且他们也不敢在这事情上留下太重大的污迹；他们希图用比较清白的颜色掩饰去他们的毒心。一句话，他们把我

暴风雨

们押上船，驶出了十几哩以外的海面；在那边他们已经预备好一只腐朽的破船，帆篷、缆素、桅樯——什么都没有，就是老鼠一见也会自然而然地退缩开去。他们把我们推到这破船上，听我们向着周围的怒海呼号，望着迎面的狂风悲叹；那同情的风陪着我们发出叹息，却反而加添了我们的危险。

米兰达　唉，那时你是怎样受我的烦累呢！

普洛斯彼罗　啊，你是个小天使，幸亏有你我才不致绝望而死！上天赋与你一种坚忍，当我把热泪向大海挥洒、因心头的怨苦而呻吟的时候，你却向我微笑，为了这我才生出忍耐的力量，准备抵御一切接踵而来的祸患。

米兰达　我们是怎样上岸的呢？

普洛斯彼罗　靠着上天的保佑，我们有一些食物和清水，那是一个那不勒斯的贵人贡柴罗——那时他被任命为参预这件阴谋的使臣——出于善心而给我们的；另外还有一些好衣裳、衬衣、毛织品和各种需用的东西，使我们受惠不少，他又知道我爱好书籍，特意从我的书斋里把那些我看得比一个公国更宝贵的书给我带了来。

米兰达　我多么希望能见一见这位好人！

普洛斯彼罗　现在我要起来了。（把法衣重新穿上）静静地坐着，听我讲完了我们海上的惨史。后来我们到达了这个岛上，就在这里，我亲自作你的教师，使你得到比别的公主小姐们更丰富的知识，因为她们大部分的时间都花在无聊的事情上，而且她们的师傅也决不会这样认真。

米兰达　真感谢你啊！现在请告诉我，父亲，为什么你要兴起这场风浪？因为我的心中仍是惊疑不定。

普洛斯彼罗 听我说下去，现在由于奇怪的偶然，慈悲的上天眷宠着我，已经把我的仇人们引到这岛岸上来了。我借着预知术料知福星正在临近我运命的顶点，要是现在轻轻放过了这机会，以后我的一生将再没有出头的希望。别再多问啦，你已经倦得都瞌睡了，很好，放心睡吧！我知道你身不由主。（米兰达睡）出来，仆人，出来！我已经预备好了。来啊，我的爱丽儿，来吧！

　　　　　　爱丽儿上。

爱丽儿 万福，尊贵的主人！威严的主人，万福！我来听候你的旨意。无论在空中飞也好，在水里游也好，向火里钻也好，腾云驾雾也好，凡是你有力的吩咐，爱丽儿愿意用全副的精神奉行。

普洛斯彼罗 精灵，你有没有完全按照我的命令指挥那场风波？

爱丽儿 桩桩件件都没有忘失。我跃登了国王的船上；我变做一团滚滚的火球，一会儿在船头上，一会儿在船腰上，一会儿在甲板上，一会儿在每一间船舱中，我煽起了恐慌。有时我分身在各处烧起火来，中桅上哪，帆桁上哪，斜桅上哪——都同时燃烧起来；然后我再把一团团火焰合拢来，即使是天神的闪电，那可怕的震雷的先驱者，也没有这样迅速而炫人眼目；硫磺的火光和轰炸声似乎在围攻那威风凛凛的海神，使他的怒涛不禁颤抖，使他手里可怕的三叉戟不禁摇晃。

普洛斯彼罗 我的能干的精灵！谁能这样坚定、镇静，在这样的骚乱中不曾惊惶失措呢？

爱丽儿　没有一个人不是发疯似的干着一些不顾死活的勾当。除了水手们之外，所有的人都逃出火光融融的船而跳入泡沫腾涌的海水中。王子腓迪南头发像海草似的乱成一团，第一个跳入水中；他高呼着，"地狱开了门，所有的魔鬼都出来了！"

普洛斯彼罗　啊，那真是我的好精灵！但是这回乱子是不是就在靠近海岸的地方呢？

爱丽儿　就在海岸附近，主人。

普洛斯彼罗　但是他们都没有送命吗，爱丽儿？

爱丽儿　一根头发都没有损失；他们穿在身上的衣服也没有一点斑迹，反而比以前更干净了。照着你的命令，我把他们一队一队地分散在这岛上。国王的儿子我叫他独个儿上岸，把他遗留在岛上一个隐僻的所在，让他悲伤地绞着两臂，坐在那儿望着天空长吁短叹，把空气都吹凉了。

普洛斯彼罗　告诉我你怎样处置国王的船上的水手们和其余的船舶？

爱丽儿　国王的船安全地停泊在一个幽静的所在；你曾经某次在半夜里把我从那里叫醒前去采集永远为波涛冲打的百慕大群岛上的露珠；船便藏在那个地方。那些水手们在精疲力竭之后，我已经用魔术使他们昏睡过去，现今都躺在舱口底下。其余的船舶我把它们分散之后，已经重又会合，现今在地中海上；他们以为他们看见国王的船已经沉没，国王已经溺死，都失魂落魄地驶回那不勒斯去了。

普洛斯彼罗　爱丽儿，你的差使干得一事不差；但是还有些事情要你做。现在是什么时候了？

爱丽儿　中午已经过去。

普洛斯彼罗　至少已经过去了两个钟头了。从此刻起到六点钟
之间的时间，我们两人必须好好利用，不要让它白白地
过去。

爱丽儿　还有繁重的工作吗？你既然这样麻烦我，我不得不向你
提醒你所允许我而还没有履行的语。

普洛斯彼罗　怎么啦！生起气来了？你要求些什么？

爱丽儿　我的自由。

普洛斯彼罗　在限期未满之前吗？别再说了吧！

爱丽儿　请你想想我曾经为你怎样尽力服务过；我不曾对你撒过
一次谎，不曾犯过一次过失，侍候你的时候，不曾发过一
句怨言；你曾经答应过我缩短一年的期限的。

普洛斯彼罗　你忘记了我从怎样的苦难里把你救出来吗？

爱丽儿　不曾。

普洛斯彼罗　你一定忘记了，而以为踏着海底的软泥，穿过凛冽
的北风，当寒霜冻结的时候在地下水道中为我奔走，便算
是了不得的辛苦了。

爱丽儿　我不曾忘记，主人。

普洛斯彼罗　你说谎，你这坏蛋！那个恶女巫西考拉克斯——她
因为年老和心肠恶毒，全身伛偻得都像一个环了——你已
经把她忘了吗？你把她忘了吗？

爱丽儿　不曾，主人。

普洛斯彼罗　你一定已经忘了。她是在什么地方出世的？对我
说来。

爱丽儿　在阿尔及尔，主人。

普洛斯彼罗　噢！是在阿尔及尔吗？我必须每个月向你复述一次你的来历，因为你一下子便要忘记。这个万恶的女巫西考拉克斯，因为作恶多端，她的妖法没人听见了不害怕，所以被逐出阿尔及尔；他们因为她曾经行过某件好事，因此不曾杀死她。是不是？

爱丽儿　是的，主人。

普洛斯彼罗　这个眼圈发青的妖妇被押到这儿来的时候，正怀着孕；水手们把她丢弃在这座岛上。你，我的奴隶，据你自己说那时是她的仆人，因为你是个太柔善的精灵，不能奉行她的粗暴的、邪恶的命令，因此违拗了她的意志，她在一阵暴怒中借着她的强有力的妖役的帮助，把你幽禁在一株坼裂的松树中。在那松树的裂缝里你挨过了十二年痛苦的岁月，后来她死了，你便一直留在那儿，像水车轮拍水那样急速地、不断地发出你的呻吟来。那时这岛上除了她所生产下来的那个儿子，一个浑身斑痣的妖妇贱种之外，就没有一个人类。

爱丽儿　不错，那是她的儿子凯列班。

普洛斯彼罗　那个凯列班是一个蠢物，现在被我收留着作苦役。你当然知道得十分清楚，那时我发现你处在怎样的苦难中，你的呻吟使得豺狼长嗥，哀鸣刺透了怒熊的心胸。那是一种沦于永劫的苦恼，就是西考拉克斯也没有法子把你解脱；后来我到了这岛上，听见了你的呼号，才用我的法术使那株松树张开裂口，把你放了出来。

爱丽儿　我感谢你，主人。

普洛斯彼罗　假如你再要叽哩咕噜的话，我要劈开一株橡树，把你钉住在它多节的内心，让你再呻吟十二个冬天。

爱丽儿　饶恕我，主人，我愿意听从命令，好好地执行你的差使。

普洛斯彼罗　好吧，你倘然好好办事，两天之后我就释放你。

爱丽儿　那真是我的好主人！你要吩咐我做什么事？告诉我你要我做什么事？

普洛斯彼罗　去把你自己变成一个海中的仙女，除了我之外不要让别人的眼睛看见你。去，装扮好了再来。去吧，用心一点！（爱丽儿下）醒来；心肝，醒来！你睡得这么熟；醒来吧！

米兰达　（醒）你的奇异的故事使我昏沉睡去。

普洛斯彼罗　清醒一下。来，我们要去访问访问我的奴隶凯列班，他是从来不曾有过一句好话口答我们的。

米兰达　那是一个恶人，父亲，我不高兴看见他。

普洛斯彼罗　虽然这样说，我们也缺不了他；他给我们生火，给我们捡柴，也为我们做有用的工作。——喂，奴才！凯列班！你这泥块！哑了吗？

凯列班　（在内）里面木头已经尽够了。

普洛斯彼罗　跑出来，对你说，还有事情要你做呢。出来，你这乌龟！还不来吗？

　　　　　　爱丽儿重上，作水中仙女的形状。

普洛斯彼罗　出色的精灵！我的伶俐的爱丽儿，过来我对你讲话。（耳语。）

爱丽儿　主人，一切依照你的吩咐。（下。）

普洛斯彼罗　你这恶毒的奴才，魔鬼和你那万恶的老娘合生下来的，给我滚出来吧！

暴风雨

凯列班上。

凯列班　但愿我那老娘用乌鸦毛从不洁的沼泽上刮下来的毒露一齐倒在你们两人身上！但愿一阵西南的恶风把你们吹得浑身都起水疱！

普洛斯彼罗　记住吧，为着你的出言不逊，今夜要叫你抽筋，叫你的腰像有针在刺，使你喘得透不过气来，所有的刺猬们将在漫漫的长夜里折磨你，你将要被刺得遍身像蜜蜂窠一般，每刺一下都要比蜂刺难受得多。

凯列班　我必须吃饭。这岛是我老娘西考拉克斯传给我而被你夺了去的。你刚来的时候，抚拍我，待我好，给我有浆果的水喝，教给我白天亮着的大的光叫什么名字，晚上亮着的小的光叫什么名字；因此我以为你是个好人，把这岛上一切的富源都指点给你知道，什么地方是清泉，盐井，什么地方是荒地和肥田。我真该死让你知道这一切！但愿西考拉克斯一切的符咒、癞蛤蟆、甲虫、蝙蝠，都咒在你身上！本来我可以自称为王，现在却要做你的唯一的奴仆，你把我禁锢在这堆岩石的中间，而把整个岛给你自己受用。

普洛斯彼罗　满嘴扯谎的贱奴！好心肠不能使你感恩，只有鞭打才能教训你！虽然你这样下流，我也曾用心好好对待你，让你住在我自己的洞里，谁叫你胆敢想要破坏我孩子的贞操！

凯列班　啊哈哈哈！要是那时上了手才真好！你倘然不曾妨碍我的事，我早已使这岛上住满大大小小的凯列班了。

普洛斯彼罗　可恶的贱奴，不学一点好，坏的事情样样都来得，我因为看你的样子可怜，才辛辛苦苦教你讲话，每时每刻教导你这样那样。那时你这野鬼连自己说的什么也不懂，只会像一只野东西一样咕噜咕噜；我教你怎样用说话来表达你的意思，但是像你这种下流胚，即使受了教化，天性中的顽劣仍是改不过来，因此你才活该被禁锢在这堆岩石的中间；其实单单把你囚禁起来也还是宽待了你。

凯列班　你教我讲话，我从这上面得到的益处只是知道怎样骂人；但愿血瘟病瘟死了你，因为你要教我说你的那种话！

普洛斯彼罗　妖妇的贱种，滚开去！去把柴搬进来。懂事的话，赶快些，因为还有别的事要你做。你在耸肩吗，恶鬼？要是你不好好做我吩咐你做的事，或是心中不情愿，我要叫你浑身抽搐，叫你每个骨节里都痛起来，叫你在地上打滚咆哮，连野兽听见你的呼号都会吓得发抖。

凯列班　啊不要，我求求你！（旁白）我不得不服从，因为他的法术有很大的力量，就是我老娘所礼拜的神明塞提柏斯也得听他指挥，做他的仆人。

普洛斯彼罗　贱奴，去吧！（凯列班下。）

　　　　　　　爱丽儿隐形重上，弹琴唱歌；腓迪南随后。

爱丽儿

　　（唱）来吧，来到黄沙的海滨，

　　　　把手儿牵得牢牢，

　　　　深深地展拜细吻轻轻，

　　　　叫海水莫起波涛——

　　　　柔舞翩翩在水面飘扬；

　　　　可爱的精灵，伴我歌唱。

　　　　听！听！（和声）

暴风雨

汪！汪！汪！（散乱地）

看门狗儿的狺狺，（和声）

汪！汪！汪！（散乱地）

听！听！我听见雄鸡

昂起了颈儿长啼，（啼声）

喔喔喔！

腓迪南　这音乐是从什么地方来的呢？在天上，还是在地上？现在已经静止了。一定的，它是为这岛上的神灵而弹唱的。当我正坐在海滨，思念我的父王的惨死而重又痛哭起来的时候，这音乐便从水面掠了过来，飘到我的身旁，它的甜柔的乐曲平静了海水的怒涛，也安定了我激荡的感情；因此我跟随着它，或者不如说是它吸引了我，——但它现在已经静止了。啊，又唱起来了。

爱丽儿（唱）

五噚的水深处躺着你的父亲，

他的骨骼已化成珊瑚，

他眼睛是耀眼的明珠；

他消失的全身没有一处不曾

受到海水神奇的变幻，

化成瑰宝，富丽而珍怪。

海的女神时时摇起他的丧钟，（和声）

叮！咚！

听！我现在听到了叮咚的丧钟。

腓迪南　这支歌在纪念我的溺毙的父亲。这一定不是凡间的音乐，也不是地上来的声音。我现在听出来它是在我的头上。

普洛斯彼罗　抬起你的被睫毛深掩的眼睛来，看一看那边有什么东西。

米兰达　那是什么？一个精灵吗？啊上帝，它是怎样向着四周瞭望啊！相信我的话，父亲，它生得这样美！但那一定是一个精灵。

普洛斯彼罗　不是，女儿，他会吃也会睡，和我们一样有各种知觉。你所看见的这个年轻汉子就是遭到船难的一人；要不是因为忧伤损害了他的美貌——美貌最怕忧伤来损害——你确实可以称他为一个美男子。他因为失去了他的同伴，正在四处徘徊着寻找他们呢。

米兰达　我简直要说他是个神；因为我从来不曾见过宇宙中有这样出色的人物。

普洛斯彼罗　（旁白）哈！有几分意思了；这正是我中心所愿望的。好精灵！为了你这次功劳，我要在两天之内恢复你的自由。

腓迪南　再不用疑惑，这一定是这些乐曲所奏奉的女神了！——请你俯允我的析求，告诉我你是否属于这个岛上，指点我怎样在这里安身；我的最后的最大的一个请求是你——神奇啊！请你告诉我你是不是一位处女？

米兰达　并没什么神奇，先生；不过我确实是一个处女。

腓迪南　天啊！她说着和我同样的言语！唉！要是我在我的本国，在说这种言语的人们中间，我要算是最尊贵的人。

普洛斯彼罗　什么！最尊贵的？假如给那不勒斯的国王听见了，他将怎么说呢？请问你将成为何等样的人？

腓迪南　我是一个孤独的人，如同你现在所看见的，但听你说起

暴风雨

那不勒斯，我感到惊异。我的话，那不勒斯的国王已经听见了；就因为给他听见了，①我才要哭；因为我正是那不勒斯的国王，亲眼看见我的父亲随船覆溺；我的眼泪到现在还不曾干过。

米兰达　唉，可怜！

腓迪南　是的，溺死的还有他的一切大臣，其中有两人是米兰的公爵和他的卓越的儿子。

普洛斯彼罗　（旁白）假如现在是适当的时机，米兰的公爵和他的更卓越的女儿就可以把你驳倒了，才第一次见面他们便已在眉目传情了。可爱的爱丽儿！为着这我要使你自由。（向腓迪南）且慢，老兄，我觉得你有些转错了念头！我有话跟你说。

米兰达　（旁白）为什么我的父亲说得这样暴戾？这是我一生中所见到的第三个人；而且是第一个我为他叹息的人。但愿怜悯激动我父亲的心，使他也和我抱同样的感觉才好！

腓迪南　（旁白）啊！假如你是个还没有爱上别人的闺女，我愿意立你做那不勒斯的王后。

普洛斯彼罗　且慢，老兄，有话跟你讲。（旁白）他们已经彼此情丝互缚了，但是这样顺利的事儿我需要给他们一点障碍，因为恐怕太不费力的获得会使人看不起他的追求的对象。（向腓迪南）一句话，我命令你用心听好。你在这里僭窃着

---

①"那不勒斯的国王已经听见了"、"给他听见了"都是腓迪南指自己而言，意即我听见了自己的话。腓迪南以为父亲已死，故以"那不勒斯的国王"自称。

不属于你的名号，到这岛上来做密探，想要从我——这海岛的主人——手里盗取海岛，是不是？

腓迪南　凭着堂堂男子的名义，我否认。

米兰达　这样一座殿堂里是不会容留邪恶的；要是邪恶的精神占有这么美好的一所宅屋，善良的美德也必定会努力住进去的。

普洛斯彼罗　（向腓迪南）跟我来。（向米兰达）不许帮他说话；他是个奸细。（向腓迪南）来，我要把你的头颈和脚枷锁在一起；给你喝海水，把淡水河中的贝蛤、干枯的树根和橡果的皮壳给你做食物。跟我来。

腓迪南　不，我要抗拒这样的待遇，除非我的敌人有更大的威力。

（拔剑，但为魔法所制不能动。）

米兰达　亲爱的父亲啊！不要太折磨他，因为他很和蔼，并不可怕。

普洛斯彼罗　什么！小孩子倒管教起老人家来了不成？——放下你的剑，奸细！你只会装腔作势，但是不敢动手，因为你的良心中充满了罪恶。来，不要再装出那副斗剑的架式了，因为我能用这根杖的力量叫你的武器落地。

米兰达　我请求你，父亲！

普洛斯彼罗　走开，不要拉住我的衣服！

米兰达　父亲，发发慈悲吧！我愿意做他的保人。

普洛斯彼罗　不许说话！再多嘴，我不恨你也要骂你了。什么！帮一个骗子说话吗？嘘！你以为世上没有和他一样的人，因为你除了他和凯列班之外不曾见过别的人；傻丫头！和大部分人比较起来，他不过是个凯列班，他们都是天

暴风雨

使哩！

米兰达　真是这样的话，我的爱情的愿望是极其卑微的；我并不想看见一个更美好的人。

普洛斯彼罗　（向腓迪南）来，来，服从吧；你已经软弱得完全像一个小孩子一样，一点力气都没有了。

腓迪南　正是这样，我的精神好像在梦里似的，全然被束缚住了。我的父亲的死亡、我自己所感觉到的软弱无力、我的一切朋友们的丧失，以及这个将我屈服的人对我的恫吓，对于我全然不算什么，只要我能在我的囚牢中每天一次看见这位女郎。这地球的每个角落让自由的人们去受用吧，我在这样一个牢狱中已经觉得很宽广的了。

普洛斯彼罗　（旁白）事情进行得很顺利。（向腓迪南）走来！——你干得很好，好爱丽儿！（向腓迪南）跟我来！（向爱丽儿）听我吩咐你此外应该做的工作。

米兰达　宽心吧，先生！我父亲的性格不像他的说话那样坏，他向来不是这样的。

普洛斯彼罗　你将像山上的风一样自由，但你必须先执行我所吩咐你的一切。

爱丽儿　一个字都不会弄错。

普洛斯彼罗　（向腓迪南）来，跟着我。（向米兰达）不要为他说情。（同下。）

第二幕

第一场　岛上的另一处

阿隆佐、西巴斯辛、安东尼奥、贡柴罗、阿德里安、弗兰西斯科及余人等上。

贡柴罗　大王，请不要悲伤了吧！您跟我们大家都有应该高兴的理由；因为把我们的脱险和我们的损失较量起来，我们是十分幸运的。我们所逢的不幸是极平常的事，每天都有一些航海者的妻子、商船的主人和托运货物的商人，遭到和我们同样的逆运，但是像我们这次安然无恙的奇迹，却是一百万个人中间也难得有一个人碰到过的。所以，陛下，请您平心静气地把我们的一悲一喜称量一下吧。

阿隆佐　请你不要讲话。

西巴斯辛　他厌弃安慰好像厌弃一碗冷粥一样。

暴风雨

25

安东尼奥　可是那位善心的人却不肯就此甘休。

西巴斯辛　瞧吧，他在旋转着他那嘴巴子里的发条，不久他那口
　　　　钟又要敲起来啦。

贡柴罗　大王——

西巴斯辛　钟鸣一下；数好。

贡柴罗　人如果把每一种临到他身上的忧愁都容纳进他的心里，
　　　　那他可就大大的——

西巴斯辛　大大的有赏。

贡柴罗　大大的把身子伤了；可不，你讲的比你想的更有道理些。

西巴斯辛　想不到你一接口，我的话也就聪明起来了。

贡柴罗　所以，大王——

安东尼奥　咄！他多么浪费他的唇舌！

阿隆佐　请你把你的言语节省点儿吧。

贡柴罗　好，我已经说完了；不过——

西巴斯辛　他还要讲下去。

安东尼奥　我们来打赌一下，他跟阿德里安两个人，这回谁先
　　　　开口？

西巴斯辛　那只老公鸡。

安东尼奥　我说是那只小鸡儿。

西巴斯辛　好，赌些什么？

安东尼奥　输者大笑三声。

西巴斯辛　算数。

阿德里安　虽然这岛上似乎很荒凉——

西巴斯辛　哈！哈！哈！你赢了。

阿德里安　不能居住，而且差不多无路可通——

西巴斯辛　　然而——

阿德里安　　然而——

安东尼奥　　这两个字是他缺少不了的得意之笔。

阿德里安　　然而气候一定是很美好、很温和、很可爱的。

安东尼奥　　气候是一个可爱的姑娘。

西巴斯辛　　而且很温和哩，照他那样文质彬彬的说法。

阿德里安　　吹气如兰的香风飘拂到我们的脸上。

西巴斯辛　　仿佛风也有呼吸器官，而且还是腐烂的呼吸器官。

安东尼奥　　或者说仿佛沼泽地会散发出香气，熏得风都变香了。

贡柴罗　　这里具有一切对人生有益的条件。

安东尼奥　　不错，除了生活的必需品之外。

西巴斯辛　　那简直是没有，或者非常之少。

贡柴罗　　草儿望上去多么茂盛而蓬勃！多么青葱！

安东尼奥　　地面实在只是一片黄土色。

西巴斯辛　　加上一点点的绿。

安东尼奥　　他的话说得不算十分错。

西巴斯辛　　错是不算十分错，只不过完全不对而已。

贡柴罗　　但最奇怪的是，那简直叫人不敢相信——

西巴斯辛　　无论是谁夸张起来总是这么说。

贡柴罗　　我们的衣服在水里浸过之后，却是照旧干净而有光彩；
　　　　　　不但不因咸水而褪色，反而像是新染过的一样。

安东尼奥　　假如他有一只衣袋会说话，它会不会说他撒谎呢？

西巴斯辛　　嗯，但也许会很不老实地把他的谣言包得好好的。

贡柴罗　　克拉莉贝尔公主跟突尼斯王大婚的时候，我们在非洲第
　　　　　　一次穿上这身衣服；我觉得它们现在正就和那时一样新。

暴
风
雨

27

西巴斯辛 那真是一桩美满的婚姻，我们的归航也顺利得很呢。

阿德里安 突尼斯从来没有娶过这样一位绝世的王后。

贡柴罗 自从狄多寡妇①之后，他们的确不曾有过这样一位王后。

安东尼奥 寡妇！该死！怎样搀进一个寡妇来了呢？狄多寡妇，嘿！

西巴斯辛 也许他还要说出鳏夫埃涅阿斯来了呢。大王，您能够容忍他这样胡说八道吗？

阿德里安 你说狄多寡妇吗？照我考查起来，她是迦太基的。不是突尼斯的。

贡柴罗 这个突尼斯，足下，就是迦太基。

阿德里安 迦太基？

贡柴罗 确实告诉你，它便是迦太基。

安东尼奥 他的说话简直比神话中所说的竖琴②还神奇。

西巴斯辛 居然把城墙跟房子一起搬了地方啦。

安东尼奥 他还要行些什么不可能的奇迹呢？

西巴斯辛 我想他也许要想把这个岛装在口袋里，带国家去赏给他的儿子，就像赏给他一只苹果一样。

安东尼奥 再把这苹果核种在海里，于是又有许多岛长起来啦。

贡柴罗 呃？

安东尼奥 呃，不消多少时候。

贡柴罗 （向阿隆佐）大人，我们刚才说的是我们现在穿着的衣服

---

①狄多（Dido），古代迦太基女王，热恋特洛亚英雄埃涅阿斯，后埃涅阿斯乘船逃走，狄多自焚而死。

②希腊神话中安菲翁（Amphion）弹琴而筑成忒拜城。

新得跟我们在突尼斯参加公主的婚礼时一样；公主现在已经是一位王后了。

安东尼奥　而且是那里从来不曾有过的第一位出色的王后。

西巴斯辛　除了狄多寡妇之外，我得请你记住。

安东尼奥　啊！狄多寡妇；对了，还有狄多寡妇。

贡柴罗　我的紧身衣，大人，不是跟第一天穿上去的时候一样新吗，我的意思是说有几分差不多新。

安东尼奥　那"几分"你补充得很周到。

贡柴罗　不是吗，当我在公主大婚时穿着它的时候？

阿隆佐　你唠唠叨叨地把这种话塞进我的耳朵里，把我的胃口都倒尽了。我真希望我不曾把女儿嫁到那里！因为从那边动身回来，我的儿子便失去了；在我的感觉中，她也同样已经失去，因为她离意大利这么远，我将永远不能再见她一面。唉，我的儿子，那不勒斯和米兰的储君！你葬身在哪一头鱼腹中呢？

弗兰西斯科　大王，他也许还活着。我看见他击着波浪，将身体耸出在水面上，不顾浪涛怎样和他作对，他凌波而前。尽力抵御着迎面而来的最大的巨浪；他的勇敢的头总是探出在怒潮的上面，而把他那壮健的臂膊以有力的姿势将自己划近岸边；海岸的岸脚已被浪潮侵蚀空了，那倒挂的岩顶似乎在俯向着他，要把他援救起来。我确信他是平安地到了岸上。

阿隆佐　不，不，他已经死了。

西巴斯辛　大王，您给自己带来这一重大的损失，倒是应该感谢您自己，因为您不把您的女儿留着赐福给欧洲人，却宁愿把她捐弃给一个非洲人；至少她从此远离了您的眼前，难怪您要伤心掉泪了。

阿隆佐　请你别再说了吧。

西巴斯辛　我们大家都曾经跪求着您改变您的意志；她自己也处于怨恨和服从之间，犹豫不决应当迁就哪一个方面。现在我们已经失去了您的儿子，恐怕再没有看见他的希望了；为着这一回举动，米兰和那不勒斯又加添了许多寡妇，我们带回家乡去安慰她们的男人却没有几个；一切过失全在您的身上。

阿隆佐　这确是最严重的损失。

贡柴罗　西巴斯辛大人，您说的自然是真话，但是太苛酷了点儿，而且现在也不该说这种话；应当敷膏药的时候，你却去触动痛处。

西巴斯辛　说得很好。

安东尼奥　而且真像一位大夫的样子。

贡柴罗　当您为愁云笼罩的时候，大王，我们也都一样处于阴沉的天气中。

西巴斯辛　阴沉的天气？

安东尼奥　阴沉得很。

贡柴罗　如果这一个岛归我所有，大王——

安东尼奥　他一定要把它种满了荨麻。

西巴斯辛　或是酸模草，锦葵。

贡柴罗　而且我要是这岛上的王的话，请猜我将做些什么事？

西巴斯辛　使你自己不致喝醉，因为无酒可饮。

贡柴罗　在这共和国中我要实行一切与众不同的设施；我要禁止

一切的贸易；没有地方官的设立；没有文学；富有、贫穷和雇佣都要废止；契约、承袭、疆界、区域、耕种、葡萄园都没有；金属、谷物、酒、油都没有用处；废除职业，所有的人都不作事；妇女也是这样，但她们是天真而纯洁；没有君主——

西巴斯辛　但是他说他是这岛上的王。

安东尼奥　他的共和国的后面的部分把开头的部分忘了。

贡柴罗　大自然中一切的产物都须不用血汗劳力而获得；叛逆、重罪、剑、戟、刀、枪、炮以及一切武器的使用，一律杜绝；但是大自然会自己产生出一切丰饶的东西，养育我那些纯朴的人民。

西巴斯辛　他的人民中间没有结婚这一件事吗？

安东尼奥　没有的，老兄，大家闲荡着，尽是些娼妓和无赖。

贡柴罗　我要照着这样的理想统治，足以媲美往古的黄金时代。

西巴斯辛　上帝保佑吾王！

安东尼奥　贡柴罗万岁！

贡柴罗　而且——您在不在听我，大王？

阿隆佐　算了，请你别再说下去了吧！你对我尽说些没意思的话。

贡柴罗　我很相信陛下的话。我的本意原是要让这两位贵人把我取笑取笑，他们的天性是这样敏感而伶俐，常常会无缘无故发笑。

安东尼奥　我们笑的是你。

贡柴罗　在这种取笑讥讽的事情上，我在你们的眼中简直不算什么名堂，那么你们只管笑个没有名堂吧。

安东尼奥　好一句厉害的话！

西巴斯辛　可惜不中要害。

贡柴罗　你们是血气奋发的贵人们，假使月亮连续五个星期不生变化，你们也会把她撵走。

　　　　　　　爱丽儿隐形上，奏庄严的音乐。

西巴斯辛　对啦，我们一定会把她撵走，然后在黑夜里捉鸟去。

安东尼奥　呦，好大人，别生气哪！

贡柴罗　放心吧，我不会的；我不会这样不知自检。我觉得疲倦得很，你们肯不肯把我笑得睡去？

安东尼奥　好，你睡吧，听我们笑你。（除阿隆佐、西巴斯辛、安东尼奥外余旨睡去。）

阿隆佐　怎么！大家一会儿都睡熟了！我希望我的眼睛安安静静地合拢，把我的思潮关闭起来。我觉得它们确实要合拢了。

西巴斯辛　大王，请您不要拒绝睡神的好意。他不大会降临到忧愁者的身上，但倘使来了的时候，那是一个安慰。

安东尼奥　我们两个人，大王，会在您休息的时候护卫着您，留意着您的安全。

阿隆佐　谢谢你们。倦得很。（阿隆佐睡；爱丽儿下。）

西巴斯辛　真奇怪，大家都这样倦！

安东尼奥　那是因为气候的关系。

西巴斯辛　那么为什么我们的眼皮不垂下来呢？我觉得我自己一点不想睡。

安东尼奥　我也不想睡；我的精神很兴奋。他们一个一个倒下来，好像预先约定好似的，又像受了电击一般。可尊敬的西巴斯辛，什么事情也许会……啊！什么事情也许会……算了，不说了；但是我总觉得我能从你的脸上看出你应当成为何等样的人。时机全然于你有利；我在强烈的想像里似乎看见一顶王冠降到你的头上了。

西巴斯辛　什么！你是醒着还是睡着？

安东尼奥　你听不见我说话吗？

西巴斯辛　我听见的；但那一定是你睡梦中说出来的呓语。你在说些什么？这是一种奇怪的睡状，一面睡着，一面却睁大了眼睛，站立着，讲着话，行动着，然而却睡得这样熟。

安东尼奥　尊贵的西巴斯辛，你徒然让你的幸运睡去，竟或是让它死去；你虽然醒着，却闭上了眼睛。

西巴斯辛　你清清楚楚在打鼾；你的鼾声里却蕴藏着意义。

安东尼奥　我在一本正经地说话，你不要以为我限平常一样。你要是愿意听我的话，也必须一本正经，听了我的话之后，你的尊荣将要增加三倍。

西巴斯辛　噉，你知道我是心如止水。

安东尼奥　我可以教你怎样让止水激涨起来。

西巴斯辛　你试试看吧！但习惯的惰性只会教我退落下去。

安东尼奥　啊，但愿你知道你心中也在转这念头，虽然你表面上这样拿这件事取笑！越是排斥这思想，这思想越是牢固在你的心里。向后退的人，为了他们自己的胆小和因循，总是出不出头来。

西巴斯辛　请你说下去吧，瞧你的眼睛和面颊的神气，好像心中藏着什么话，而且像是产妇难产似的，很吃力地要把它说出来。

安东尼奥　我要说的是，大人：我们那位记性不好的大爷——这个人要是去世之后，别人也会把他淡然忘却的——他虽然

暴风雨

33

已经把王上劝说得几乎使他相信他的儿子还活着——因为这个人唯一的本领就是向人家唠叨劝说，——但王子不曾死这一回事是绝对不可能的，正像在这里睡着的人不会游泳一样。

西巴斯辛 我对于他不曾溺死这一句话是不抱一点希望的。

安东尼奥 哎，不要说什么不抱希望啦，你自己的希望大着呢！从那方面说是没有希望，反过来说却正是最大不过的希望，野心所能企及而无可再进的极点。你同意不同意我说：腓迪南已经溺死了？

西巴斯辛 他一定已经送命了。

安东尼奥 那么告诉我，除了他，应该轮到谁承继那不勒斯的王位？

西巴斯辛 克拉莉贝尔。

安东尼奥 她是突尼斯的王后；她住的地区那么遥远，一个人赶一辈子路，可还差五六十里才到得了她的家；她和那不勒斯没有通信的可能：月亮里的使者是太慢了，除非叫太阳给她捎信，那么直到新生婴孩柔滑的脸上长满胡须的时候也许可以送到。我们从她的地方出发而遭到了海浪的吞噬，一部分人幸得生全，这是命中注定的，因为他们将有所作为，以往的一切都只是个开场的引子，以后的正文该由我们来干一番。

西巴斯辛 这是什么话！你怎么说的？不错，我的哥哥的女儿是突尼斯的王后，她也是那不勒斯的嗣君，两地之间相隔着好多路程。

安东尼奥 这路程是这么长，每一步的距离都似乎在喊着，"克拉莉贝尔怎么还能回头走，回到那不勒斯去呢？不要离开突尼斯，让西巴斯辛快清醒过来吧！"瞧，他们睡得像死去一般；真的，就是死了也不过如此。这儿有一个人治理起那不勒斯来，也绝不亚于睡着的这一个，也总不会缺少像这位贡柴罗一样善于唠叨说空话的大臣——就是乌鸦我也能教它讲得比他有意思一点哩。啊，要是你也跟我一样想法就好了！这样的昏睡对于你的高升真是一个多么好的机会！你懂不懂我的意思？

西巴斯辛 我想我懂得。

安东尼奥 那么你对于你自己的好运气有什么意见呢？

西巴斯辛 我记得你曾经篡夺过你哥哥普洛斯彼罗的位置。

安东尼奥 是的；你瞧我穿着这身衣服多么称身，比从前神气得多了！本来我的哥哥的仆人和我处在同等的地位，现在他们都在我的手下了。

西巴斯辛 但是你的良心上——

安东尼奥 哎，大人，良心在什么地方呢？假如它像一块冻疮，那么也许会害我穿不上鞋子；但是我并不觉得在我的胸头有这么一位神明。即使有二十颗冻结起来的良心梗在我和米兰之间，那么不等它们作梗起来，也早就溶化了。这儿躺着你的兄长，跟泥土也不差多少——假如他真像他现在这个样子，看上去就像死了一般；我用这柄称心如意的剑，只要轻轻刺进三时那么深，就可以叫他永远安静。同时你照着我的样子，也可以叫这个老头子，这位老成持重的老臣，从此长眠不醒，再也不会来啾啾指责我们。至于其余的人，只要用好处引诱他们，就会像猫儿舔牛奶似的流连

暴风雨

35

不去，假如我们说是黄昏，他们也不敢说是早晨。

西巴斯辛　好朋友，我将把你的情形作为我的榜样；如同你得到米兰一样，我也要得到我的那不勒斯。举起你的剑来吧，只要这么一下，便可以免却你以后的纳贡，我做了国王之后，一定十分眷宠你。

安东尼奥　我们一起举剑吧，当我举起手来的时候，你也照样把你的剑对准贡柴罗的胸口。

西巴斯辛　啊！且慢。（二人往一旁密议。）

　　　　　　音乐；爱丽儿隐形复上。

爱丽儿　我的主人凭他的法术，预知你，他的朋友，所陷入的危险，因此差我来保全你的性命，因为否则他的计划就要失败。（在贡柴罗耳边唱）

　　当你酣然熟睡的时候，

　　眼睛睁得大大的"阴谋"，

　　正在施展着毒手。

　　假如你重视你的生命，

　　不要再睡了，你得留神，

　　快快醒醒吧，醒醒！

安东尼奥　那么让我们赶快下手吧。

贡柴罗　天使保佑王上啊！（众醒。）

阿隆佐　什么？怎么啦？喂，醒来！你们为什么拔剑？为什么脸无人色？

贡柴罗　什么事？

西巴斯辛　我们正站在这儿守护您的安息，就在这时候忽然听见了一阵大声的狂吼，好像公牛，不，狮子一样。你们不是也被那声音惊醒的吗？我听了害怕极了。

阿隆佐　我什么都没听见。

安东尼奥　啊！那是一种怪兽听了也会害怕的咆哮，大地都给它震动起来。那一定是一大群狮子的吼声。

阿隆佐　你听见这声音吗，贡柴罗？

贡柴罗　凭着我的名誉起誓，大王，我只听见一种很奇怪的蜜蜂似的声音，它使我惊醒转来。我摇着您的身体，喊醒了您。我一睁开眼睛，便看见他们的剑拔出鞘外。有一个声音，那是真的，最好我们留心提防着，否则赶快离开这地方。让我们把武器预备好。

阿隆佐　带领我们离开这块地面，让我们再去找寻一下我那可怜的孩子。

贡柴罗　上天保佑他不要给这些野兽害了！我相信他一定在这岛上。

阿隆佐　领路走吧。（率众人下。）

爱丽儿　我要把我的工作回去报告我的主人；

国王呀，安心着前去把你的孩子找寻。（下。）

第二场　岛上的另一处

凯列班荷柴上，雷声。

凯列班　愿太阳从一切沼泽、平原上吸起来的瘴气都降在普洛斯彼罗身上，让他的全身没有一处不生恶病！他的精灵会听见我的话，但我非把他咒一下不可。他们要是没有他的吩

暴风雨

咐，决不会拧我，显出各种怪相吓我，把我推到烂泥里，或是在黑暗中化做一团磷火诱我迷路；但是只要我有点儿什么，他们便想出种种的恶作剧来摆布我　有时变成猴子，向我咧着牙齿扮鬼脸，然后再咬我；一下子又变成刺猬，在路上滚作一团，我的赤脚一踏上去，便把针刺竖了起来；有时我的周身围绕着几条毒蛇，吐出分叉的舌头来，那嘶嘶的声音吓得我发狂。

　　　　特林鸠罗上。

凯列班　瞧！瞧！又有一个他的精灵来了！因为我柴捡得慢，要来给我吃苦头。让我把身体横躺下来；也许他会不注意到我。

特林鸠罗　这儿没有丛林也没有灌木，可以抵御任何风雨。又有一阵大雷雨要来啦，我听见风在呼啸，那边那堆大的乌云像是一只臭皮袋就要把袋里的酒倒下来的样子。要是这回再像不久以前那么响着大雷，我不晓得我该把我的头藏到什么地方去好；那块云准要整桶整桶地倒下水来。咦！这是什么东西？是一个人还是一条鱼？死的还是活的？一定是一条鱼；他的气味像一条鱼，有些隔宿发霉的鱼腥气，不是新腌的鱼。奇怪的鱼！我从前曾经到过英国；要是我现在还在英国，只要把这条鱼画出来，挂在帐篷外面，包管那边无论哪一个节日里没事做的傻瓜都会掏出整块的银洋来瞧一瞧；在那边很可以靠这条鱼发一笔财；随便什么稀奇古怪的畜生在那边都可以让你发一笔财。他们不愿意丢一个铜子给跛脚的叫化，却愿意拿出一角钱来看一个死了的印第安红种人。嘿，他像人一样生着腿呢！他的翼鳍多么像是一对臂膀！他的身体还是暖的！我说我弄错了，我放弃原来的意见了，这不是鱼，是一个岛上的土人，刚才被天雷轰得那样子。（雷声）唉！雷雨又来了；我只得躲到他的衫子底下去，再没有别的躲避的地方了；一个人倒起运来，就要跟妖怪一起睡觉。让我躲在这儿，直到云消雨散。

斯丹法诺唱歌上，手持酒瓶。

斯丹法诺 （唱）

我将不再到海上去，

到海上去，我要老死在岸上。

这是一支送葬时唱的难听的曲子。好，这儿是我的安慰。

（饮酒；唱）

船长，船老大，咱小子和打扫甲板的，

还有炮手和他的助理，

爱上了毛儿、梅哥、玛利痕和玛葛丽，

但凯德可没有人欢喜；

因为她有一副绝顶响喉咙，

见了水手就要嚷，"送你的终！"

焦油和沥青的气味熏得她满心烦躁，

可是裁缝把她浑身搔痒就呵呵乱笑。

海上去吧，弟兄们，让她自个儿去上吊！

这也是一支难听的曲子；但这儿是我的安慰。（饮酒。）

凯列班 不要折磨我，喔！

斯丹法诺 什么事？这儿有鬼吗？叫野人和印第安人来跟我们捣乱吗？哈！海水都淹不死我，我还怕四只脚的东西不成？

暴风雨

古话说得好，一个人神气得竟然用四条腿走路，就决不能叫人望而生畏；只要斯丹法诺鼻孔里还透着气，这句话还是照样要说下去。

凯列班　精灵在折磨我了，喔！

斯丹法诺　这是这儿岛上生四条腿的什么怪物，照我看起来像在发疟疾。见鬼，他跟谁学会了我们的话？为了这，我也得给他医治一下子；要是我医好了他，把他驯伏了，带回到那不勒斯去，可不是一桩可以送给随便哪一个脚踏牛皮的皇帝老官儿的绝妙礼物！

凯列班　不要折磨我，求求你！我愿意赶紧把柴背回家去。

斯丹法诺　他现在寒热发作，语无伦次，他可以尝一尝我瓶里的酒；要是他从来不曾沾过一滴酒，那很可以把他完全医好。我倘然医好了他，把他驯伏了，我也不要怎么狠心需索；反正谁要他，谁就得出一笔钱——出一大笔钱。

凯列班　你还不曾给我多少苦头吃，但你就要大动其手了，我知道的，因为你在发抖；普洛斯彼罗的法术在驱使你了。

斯丹法诺　给我爬过来，张开你的嘴巴；这是会叫你说话的好东西，你这头猫！张开嘴来；这会把你的战抖完完全全驱走，我可以告诉你。（给凯列班喝酒）你不晓得谁是你的朋友。再张开嘴来。

特林鸠罗　这声音我很熟悉，那像是——但他已经淹死了。这些都是邪鬼。老天保佑我啊！

斯丹法诺　四条腿，两个声音，真是一个有趣不过的怪物！他的前面的嘴巴在向他的朋友说着恭维的话，他的背后的嘴巴却在说他坏话讥笑他。即使医好他需要我全瓶的酒，我也要给他出一下力。喝吧。阿门！让我再把一些酒倒在你那另外一只嘴里。

特林鸠罗　斯丹法诺！

斯丹法诺　你另外的那张嘴在叫我吗？天哪，天哪！这是个魔鬼，不是个妖怪。我得离开他；我可跟魔鬼打不了交道。

特林鸠罗　斯丹法诺！如果你是斯丹法诺，请你过来摸摸我，跟我讲几句话。我是特林鸠罗；不要害怕，你的好朋友特林鸠罗。

斯丹法诺　你倘然是特林鸠罗，那么钻出来吧，让我来把那两条小一点的腿拔出来；要是这儿有特林鸠罗的腿的话，这一定不会错。嗳哟，你果真是特林鸠罗！你怎么会变成这个妖怪的粪便？他能够泻下特林鸠罗来吗？

特林鸠罗　我以为他是给天雷轰死了的。但是你不是淹死了吗，斯丹法诺？我现在希望你不曾淹死。雷雨过去了吗？我因为害怕雷雨，所以才躲在这个死妖精的衫子底下。你还活着吗，斯丹法诺？啊，斯丹法诺，两个那不勒斯人脱险了！

斯丹法诺　请你不要把我旋来旋去，我的胃不大好。

凯列班　（旁白）这两个人倘然不是精灵，一定是好人，那是一位英雄的天神；他还有琼浆玉液。我要向他跪下去。

斯丹法诺　你怎么会逃命了的？你怎么会到这儿来？凭着这个瓶儿起誓，你是怎么到这儿来的？凭着这个瓶儿起誓。我自己是因为伏在一桶白葡萄酒的桶顶上才不曾淹死；那桶酒是水手们从船上抛下海的，这个瓶是我被冲上岸之后自己亲手用树干剜成的。

暴风雨

凯列班　凭着那个瓶儿起誓，我要做您的忠心的仆人；因为您那
　　　　种水是仙水。

斯丹法诺　嗨，起誓吧，说你是怎样逃了命的。

特林鸠罗　游泳到岸上，像一只鸭子一样，我会像鸭子一样游泳，
　　　　我可以起誓。

斯丹法诺　来，吻你的《圣经》①。（给特林鸠罗喝酒）你虽然能
　　　　像鸭子一样游泳，可是你的样子倒像是一只鹅。

特林鸠罗　啊，斯丹法诺！这酒还有吗？

斯丹法诺　有着整整一桶呢，老兄；我在海边的一座岩穴里藏下
　　　　了我的美酒。喂，妖精！你的寒热病怎么样啦？

凯列班　您不是从天上掉下来的吗？

斯丹法诺　从月亮里下来的，实实在在告诉你；从前我是住在月
　　　　亮里的。

凯列班　我曾经看见过您在月亮里；我真喜欢您。我的女主人曾
　　　　经指点给我看您和您的狗和您的柴枝。

斯丹法诺　来，起誓吧，吻你的《圣经》，我会把它重新装满。
　　　　起誓吧。

特林鸠罗　凭着这个太阳起誓，这是个蠢得很的怪物；可笑我竟
　　　　会害怕起他来！一个不中用的怪物！月亮里的人，嘿！这
　　　　个可怜的轻信的怪物！好啊，怪物！你的酒量真不小。

凯列班　我要指点给您看这岛上每一处肥沃的地方，我要吻您的
　　　　脚。请您做我的神明吧！

------

①吻《圣经》原为基督徒起誓时表示郑重之仪式，此处斯丹法诺用
以指饮其瓶中之酒。

特林鸠罗 凭着太阳起誓，这是一个居心不良的嗜酒的怪物；一等他的神明睡了过去，他就会把酒瓶偷走。

凯列班 我要吻您的脚；我要发誓做您的仆人。

斯丹法诺 那么好，跪下来起誓吧。

特林鸠罗 这个头脑简单的怪物要把我笑死了。这个不要脸的怪物！我心里真想把他揍一顿。

斯丹法诺 来，吻吧。

特林鸠罗 但是这个可怜的怪物是喝醉了；一个作孽的怪物！

凯列班 我要指点您最好的泉水；我要给您摘浆果；我要给您捉鱼，给您打很多的柴。但愿瘟疫降临在我那暴君的身上！我再不给他搬柴了；我要跟着您走，您这了不得的人！

特林鸠罗 一个可笑又可气的怪物！竟会把一个无赖的醉汉看作了不得的人！

凯列班 请您让我带您到长着野苹果的地方，我要用我的长指爪给您掘出落花生来，把樫鸟的窝指点给您看，教给您怎样捕捉伶俐的小猢狲的法了；我要采成球的榛果献给您；我还要从岩石上为您捉下海鸥的雏鸟来。您肯不肯跟我走？

斯丹法诺 请你带着我走，不要再噜哩噜苏了。——特林鸠罗，国王和我们的同伴们既然全部淹死，这地方便归我们所有了。——来，给我拿着酒瓶。——特林鸠罗老朋友，我们不久便要再把它装满。

凯列班 （醉吃地唱）

再会，主人！再会！再会！

特林鸠罗 一个喧哗的怪物！一个醉酒的怪物！

暴风雨

凯列班

> 不再筑堰捕鱼；

> 不再捡柴生火，

> 硬要听你吩咐；

> 不刷盘子不洗碗

> 班，班，凯——凯列班，

> 换了一个新老板！

> 自由，哈哈！哈哈，自由！自由！哈哈，自由！

斯丹法诺　啊，出色的怪物！带路走呀。（同下。）

第三幕

第一场　普洛斯彼罗洞窟之前

腓迪南负木上。

腓迪南　有一类游戏是很吃力的，但义趣会使人忘记辛苦；有一类卑微的工作是用坚苦卓绝的精神忍受着的，最低陋的事情往往指向最崇高的目标。我这种贱役对于我应该是艰重而可厌的，但我所奉侍的女郎使我生趣勃发，觉得劳苦反而是一种愉快。啊，她的温柔十倍于她父亲的乖愎，而他则浑身都是暴戾！他严厉地吩咐我必须把几千根这样的木头搬过去堆垒起来；我那可爱的姑娘见了我这样劳苦，竟哭了起来，说从来不曾见过像我这种人干这等卑贱的工作。唉！我把工作都忘了。但这些甜蜜的思想给与我新生的力量，在我干活的当儿，我的思想最活跃。

暴风雨

米兰达上；普洛斯彼罗潜随其后。

米兰达　唉，请你不要太辛苦了吧！我真希望一阵闪电把那些要你堆垒的木头一起烧掉！请你暂时放下来，坐下歇歇吧。要是这根木头被烧起来的时候，它一定会想到它所给你的劳苦而流泪的。我的父亲正在一心一意地读书；请你休息休息吧，在这三个钟头之内，他是不会出来的。

腓迪南　啊，最亲爱的姑娘，在我还没有把我必须做的工作努力做完之前，太阳就要下去了。

米兰达　要是你肯坐下来，我愿意代你搬一会儿木头，请你给我吧；让我把它搬到那一堆上面去。

腓迪南　怎么可以呢，珍贵的人儿！我宁愿毁损我的筋骨，压折我的背膀，也不愿让你干这种下贱的工作，而我空着两手坐在一旁。

米兰达　要是这种工作配给你做，当然它也配给我做。而且我做起来心里更舒服一点；因为我是自己甘愿，而你是被骗的。

普洛斯彼罗　（旁白）可怜的孩子，你已经情魔缠身了！你这痛苦的呻吟流露了真情。

米兰达　你看上去很疲乏。

腓迪南　不，尊贵的姑娘！当你在我身边的时候，黑夜也变成了清新的早晨。我恳求你告诉我你的名字，好让我把它放进我的祈祷里去。

米兰达　米兰达。——唉！父亲，我已经违背了你的叮嘱，把它说了出来啦！

腓迪南　可赞美的米兰达！真是一切仰慕的最高峰，价值抵得过世界上一切最珍贵的财宝！我的眼睛曾经关注地盼睐过许多女郎，许多次她们那柔婉的声调使我的过于敏感的听觉对之倾倒；为了各种不同的美点，我曾经喜欢过各个不同的女子；但是从不曾全心全意地爱上一个，总有一些缺点损害了她那崇高的优美。但是你啊，这样完美而无双，是把每一个人的最好的美点集合起来而造成的！

米兰达 我不曾见过一个和我同性的人，除了在镜子里见到自己的面孔以外，我不记得任何女子的相貌；除了你，好友，和我的亲爱的父亲以外，也不曾见过哪一个我可以称为男子的人。我不知道别处地方人们都是生得什么样子，但是凭着我最可宝贵的嫁妆——贞洁起誓：除了你之外，在这世上我不期望任何的伴侣；除了你之外，我的想像也不能再产生出一个可以使我喜爱的形象。但是我的话讲得有些太越出界限，把我父亲的教训全忘记了。

腓迪南 我在我的地位上是一个王子，米兰达；也许竟是一个国王——但我希望我不是！我不能容忍一只苍蝇玷污我的嘴角，更不用说挨受这种搬运木头的苦役了。听我的心灵向你诉告：当我第一眼看见你的时候，我的心就已经飞到你的身边，甘心为你执役，使我成为你的奴隶；只是为了你的缘故，我才肯让自己当这个辛苦的运木的工人。

米兰达 你爱我吗？

腓迪南 天在顶上！地在底下！为我作证这一句妙音。要是我所说的话是真的，愿天地赐给我幸福的结果；如其所说是假，那么请把我命中注定的幸运都转成厄运！超过世间其他一切事物的界限之上，我爱你，珍重你，崇拜你！

米兰达 我是一个傻子，听见了衷心喜欢的话就流起泪来！

暴风雨

普洛斯彼罗　（旁白）一段难得的良缘的会合！上天赐福给他们的后裔吧！

腓迪南　你为什么哭起来了呢？

米兰达　因为我是太平凡了，我不敢献给你我所愿意献给你的，更不敢从你接受我所渴想得到的。但这是废话；越是掩饰，它越是显露得清楚。去吧，羞怯的狡狯！让单纯而神圣的天真指导我说什么话吧！要是你肯娶我，我愿意做你的妻子；不然的话，我将到死都是你的婢女：你可以拒绝我做你的伴侣；但不论你愿不愿意，我将是你的奴仆。

腓迪南　我的最亲爱的爱人！我永远低首在你的面前。

米兰达　那么你是我的丈夫吗？

腓迪南　是的，我全心愿望着，如同受拘束的人愿望自由一样。握着我的手。

米兰达　这儿是我的手，我的心也跟它在一起。现在我们该分手了，半点钟之后再会吧。

腓迪南　一千个再会吧！（分别下。）

普洛斯彼罗　我当然不能比他们自己更为高兴，而且他们是全然不曾预先料到的；但没有别的事可以比这事更使我快活了。我要去读我的书去，因为在晚餐之前，我还有一些事情须得做好。（下。）

第二场　岛上的另一处

凯列班持酒瓶，斯丹法诺、特林鸠罗同上。

斯丹法诺　别对我说；要是酒桶里的酒完了，然后我们再喝水；只要还有一滴酒剩着，让我们总是喝酒吧。来，一！二！三！加油干！妖怪奴才，向我祝饮呀！

特林鸠罗　妖怪奴才！这岛上特产的笨货！据说这岛上一共只有五个人，我们已经是三个；要是其余的两个人跟我们一样聪明，我们的江山就不稳了。

斯丹法诺　喝酒呀，妖怪奴才！我叫你喝你就喝。你的眼睛简直呆呆地生牢在你的头上了。

特林鸠罗　眼睛不生在头上倒该生在什么地方？要是他的眼睛生在尾巴上，那才真是个出色的怪物哩！

斯丹法诺　我的妖怪奴才的舌头已经在白葡萄酒里淹死了；但是我，海水也淹不死我：凭着这太阳起誓，我在一百多哩的海面上游来游去，一直游到了岸边。你得做我的副官，怪物，或是做我的旗手。

特林鸠罗　还是做个副官吧，要是你中意的话；他当不了旗手。

斯丹法诺　我们不想奔跑呢，怪物先生。

特林鸠罗　也不想走路，你还是像条狗那么躺下来吧；一句话也别说。

斯丹法诺　妖精，说一句话吧，如果你是个好妖精。

凯列班　给老爷请安！让我舔您的靴子。我不要服侍他，他是个懦夫。

特林鸠罗　你说谎，一窍不通的怪物！我打得过一个警察呢。嘿，你这条臭鱼！像我今天一样喝了那么多白酒的人，还说是个懦夫吗？因为你是一只一半鱼、一半妖怪的荒唐东西，你就要撒一个荒唐的谎吗？

暴风雨

凯列班　瞧！他多么取笑我！您让他这样说下去吗，老爷？

特林鸠罗　他说"老爷"！谁想得到一个怪物会是这么一个
　　　　　蠢材！

凯列班　喏，喏，又来啦！我请您咬死他。

斯丹法诺　特林鸠罗，好好地堵住你的嘴！如果你要造反，就把
　　　　　你吊死在眼前那株树上！这个可怜的怪物是我的人，不能
　　　　　给人家欺侮。

凯列班　谢谢大老爷！您肯不肯再听一次我的条陈？

斯丹法诺　依你所奏；跪下来说吧。我立着，特林鸠罗也立着。

　　　　　　　　　　　爱丽儿隐形上。

凯列班　我已经说过，我屈服在一个暴君、一个巫师的手下，他
　　　　　用诡计把这岛从我手里夺了去。

爱丽儿　你说谎！

凯列班　你说谎，你这插科打诨的猴子！我希望我的勇敢的主人
　　　　　把你杀死。我没有说谎。

斯丹法诺　特林鸠罗，要是你在他讲话的时候再来缠扰，凭着这
　　　　　只手起誓，我要敲掉你的牙齿。

特林鸠罗　怎么？我一句话都没有说。

斯丹法诺　那么别响，不要再多话了。（向凯列班）讲下去。

凯列班　我说，他用妖法占据了这岛，从我手里夺了去；要是老
　　　　　爷肯替我向他报仇——我知道您一定敢，但这家伙决没有
　　　　　这胆子。

斯丹法诺　自然罗。

凯列班　您就可以做这岛上的主人，我愿意服侍您。

斯丹法诺　用什么方法可以实现这事呢？你能不能把我带到那个

人的地方去?

凯列班 可以的,可以的,老爷。我可以乘他睡熟的时候把他交付给您,您就可以用一根钉敲进他的脑袋里去。

爱丽儿 你说谎,你不敢!

凯列班 这个穿花花衣裳的蠢货!这个混蛋!请老爷把他痛打一顿,把他的酒瓶夺过来;他没有酒喝之后,就只好喝海里的咸水了,因为我不愿告诉他清泉在什么地方。

斯丹法诺 特林鸠罗,别再自讨没趣啦!你再说一句话打扰这怪物,凭着这只手起誓,我就要不顾情面,把你打成一条鱼干了。

特林鸠罗 什么?我得罪了你什么?我一句话都没有说。让我再离得远一点儿。

斯丹法诺 你不是说他说谎吗?

爱丽儿 你说谎!

斯丹法诺 我说谎吗!吃这一下!(打特林鸠罗)要是你觉得滋味不错的话,下回再试试看吧。

特林鸠罗 我并没有说你说谎。你头脑昏了,连耳朵也听不清楚了吗?该死的酒瓶!喝酒才把你搅得那么昏沉沉的。愿你的怪物给牛瘟病瘟死,魔鬼把你的手指弯断了去!

凯列班 哈哈哈!

斯丹法诺 现在讲下去吧。——请你再站得远些。

凯列班 狠狠地打他一下子;停一会儿我也要打他。

斯丹法诺 站远些。——来,说吧。

凯列班 我对您说过,他有一个老规矩,一到下午就要睡觉;那时您先把他的书拿了去,就可以捶碎他的脑袋,或者用一根木头敲破他的头颅，或者用一根棍子搠破他的肚肠，或者用您的刀割断他的喉咙。记好，先要把他的书拿到手；因为他一失去了他的书，就是一个跟我差不多的大傻瓜，也没有一个精灵会听他指挥　这些精灵们没有一个不像我一样把他恨入骨髓。只要把他的书烧了就是了；他还有些出色的家具——他叫做"家具"——预备造了房子之后陈设起来的；但第一应该放在心上的是他那美貌的女儿。他自己说她是一个美艳无双的人；我从来不曾见过一个女人，除了我的老娘西考拉克斯和她之外；可是她比起西考拉克斯来，真不知要好看得多少倍了，正像天地的相差一样。

斯丹法诺　是这样一个出色的姑娘吗？

凯列班　是的，老爷；我可以担保一句，她跟您睡在一床是再合适也没有的啦，她会给您生下出色的小子来。

斯丹法诺　怪物，我一定要把这人杀死；他的女儿和我做国王和王后，上帝保佑！特林鸠罗和你做总督。你赞成不赞成这计策，特林鸠罗？

特林鸠罗　好极了。

斯丹法诺　让我握你的手。我很抱歉打了你；可是你活着的时候，总以少开口为妙。

凯列班　在这半点钟之内他就要入睡；您愿不愿就在这时候杀了他？

斯丹法诺　好的，凭着我的名誉起誓。

爱丽儿　我要告诉主人去。

凯列班　您使我高兴得很，我心里充满了快乐。让我们畅快一下。您肯不肯把您刚才教给我的轮唱曲唱起来？

斯丹法诺 准你所奏，怪物；凡是合乎道理的事我都可以答应。

来啊，特林鸠罗，让我们唱歌。（唱）

嘲弄他们，讥讽他们，

讥讽他们，嘲弄他们，

思想多么自由！

凯列班 这曲子不对。

爱丽儿击鼓吹箫，依曲调而奏。

斯丹法诺 这是什么声音？

特林鸠罗 这是我们的歌的曲子，在空中吹奏着呢。

斯丹法诺 你倘然是一个人，像一个人那样出来吧；你倘然是一个鬼，也请你显出怎样的形状来吧！

特林鸠罗 饶赦我的罪过呀！

斯丹法诺 人一死什么都完了；我不怕你。但是可怜我们吧！

凯列班 您害怕吗？

斯丹法诺 不，怪物，我怕什么？

凯列班 不要怕。这岛上充满了各种声音和悦耳的乐曲，使人听了愉快，不会伤害人。有时成千的叮叮咚咚的乐器在我耳边鸣响。有时在我酣睡醒来的时候，听见了那种歌声，又使我沉沉睡去；那时在梦中便好像云端里开了门，无数珍宝要向我倾倒下来；当我醒来之后，我简直哭了起来，希望重新做一遍这样的梦。

斯丹法诺 这倒是一个出色的国土，可以不费钱白听音乐。

凯列班 但第一您得先杀死普洛斯彼罗。

斯丹法诺 那事我们不久就可以动手；我记住了。

特林鸠罗 这声音渐渐远去；让我们跟着它，然后再干我们的事。

斯丹法诺　领着我们走，怪物；我们跟着你。我很希望见一见这个打鼓的家伙，看他的样子奏得倒挺不错。

特林鸠罗　你来吗？我跟着它走了，斯丹法诺。（同下。）

第三场　岛上的另一处

　　阿隆佐、西巴斯辛、安东尼奥、贡柴罗、阿德里安、弗兰西斯科及余人等上。

贡柴罗　天哪！我走不动啦，大王；我的老骨头在痛。这儿的路一条直一条弯的，完全把人迷昏了！要是您不见怪，我必须休息一下。

阿隆佐　老人家，我不能怪你；我自己也心灰意懒，疲乏得很。坐下来歇歇吧。现在我已经断了念头，不再自己哄自己了。他一定已经淹死了，尽管我们乱摸瞎撞地找寻他；海水也在嘲笑着我们在岸上的无益的寻觅。算了吧，让他死了就完了！

安东尼奥　（向西巴斯辛旁白）我很高兴他是这样灰心。别因为一次遭到失败，就放弃了你的已决定好的计划。

西巴斯辛　（向安东尼奥旁白）下一次的机会我们一定不要错过。

安东尼奥　（向西巴斯辛旁白）就在今夜吧；他们现在已经走得很疲乏，一定不会，而且也不能，再那么警觉了。

西巴斯辛　（向安东尼奥旁白）好，今夜吧。不要再说了。

　　庄严而奇异的音乐。普洛斯彼罗自上方隐形上。下侧若干破形怪状的精灵抬了一桌酒席进来；他们围着它跳舞，且作出各种表示敬礼的姿势，邀请国王以次诸人就食后退去。

阿隆佐 这是什么音乐？好朋友们，听哪！

贡柴罗 神破的甜美的音乐！

阿隆佐 上天保佑我们！这些是什么？

西巴斯辛 一幅活动的傀儡戏？现在我才相信世上有独角的麒麟，阿拉伯有凤凰所栖的树，上面有一只凤凰至今还在南面称王呢。

安东尼奥 麒麟和凤凰我都相信；要是此外还有什么难于置信的东西，都来告诉我好了，我一定会发誓说那是真的。旅行的人决不会说谎话，足不出门的傻瓜才嗤笑他们。

贡柴罗 要是我现在在那不勒斯，把这事告诉了别人，他们会不会相信我呢？要是我对他们说，我看见岛上的人民是这样这样的——这些当然一定是岛上的人民啰——虽然他们的形状生得很奇怪，然而倒是很有礼貌、很和善，在我们人类中也难得见到的。

普洛斯彼罗 （旁白）正直的老人家，你说得不错；因为在你们自己一群人当中，就有几个人比魔鬼还要坏。

阿隆佐 我再不能这样吃惊了；虽然不开口，但他们的那种形状、那种手势、那种音乐，都表演了一幕美妙的哑剧。

普洛斯彼罗 （旁白）且慢称赞吧。

弗兰西斯科 他们消失得很奇怪。

西巴斯辛 不要管他，既然他们把食物留下，我们有肚子就该享用。——您要不要尝尝试试看？

阿隆佐 我可不想吃。

贡柴罗 真的，大王，您无须胆小。当我们还是孩子的时候，谁肯相信有一种山居的人民，喉头长着肉袋，像一头牛一样？谁又肯相信有一种人的头是长在胸膛上的？可是我们现在都相信每个旅行的人都能肯定这种话不是虚假的了。

阿隆佐　好，我要吃，即使这是我的最后一餐；有什么关系呢？我的最好的日子也已经过去了。贤弟，公爵，陪我们一起来吃吧。

　　　雷电。爱丽儿化女面鸟身的怪鸟上，以翼击桌，筵席顿时消失——用一种特别的机关装置。

爱丽儿　你们是三个有罪的人；操纵着下界一切的天命使得那贪馋的怒海重又把你们吐了出来，把你们抛在这没有人居住的岛上，你们是不配居住在人类中间的。你们已经发狂了。（阿隆佐、西巴斯辛等拔剑）即使像你们这样勇敢的人，也没有法子免除一死。你们这辈愚人！我和我的同伴们都是运命的使者；你们的用风、火熔炼的刀剑不能损害我们身上的一根羽毛，正像把它们砍向呼啸的风、刺向分而复合的水波一样，只显得可笑。我的伙伴们也是刀枪不入的。而且即使它们能够把我们伤害，现在你们也已经没有力量把臂膀举起来了。好生记住吧，我来就是告诉你们这句话，你们三个人是在米兰把善良的普洛斯彼罗篡逐的恶人，你们把他和他的无辜的婴孩放逐在海上，如今你们也受到同样的报应了。为着这件恶事，上天虽然并不把惩罚立刻加在你们身上，却并没有轻轻放过，已经使海洋陆地，以及一切有生之伦，都来和你们作对了。你，阿隆佐，已经丧失了你的儿子；我再向你宣告：活地狱的无穷的痛苦——一切死状合在一起也没有那么惨，将要一步步临到你生命的途程中；除非痛悔前非，以后洗心革面，做一个清白的人，否则在这荒岛上面，天谴已经起在眼前了！

> *爱丽儿在雷鸣中隐去。柔和的乐声复起；精灵们重上，跳舞且作揶揄状，把空桌抬下。*

普洛斯彼罗 （旁白）你把这怪鸟扮演得很好，我的爱丽儿，这一桌酒席你也席卷得妙，我叫你说的话你一句也没有漏去；就是那些小精灵们也都是生龙活虎，各自非常出力。我的神通已经显出力量，我这些仇人们已经惊惶得不能动弹；他们都已经在我的权力之下了。现在我要在这种情形下面离开他们，去探视他们以为已经淹死了的年轻的腓迪南和他的也是我的亲爱的人儿。（自上方下。）

贡柴罗 凭着神圣的名义，大王，为什么您这样呆呆地站着？

阿隆佐 啊，那真是可怕！可怕！我觉得海潮在那儿这样告诉我；风在那儿把它唱进我的耳中；那深沉可怕、像管风琴般的雷鸣在向我震荡出普洛斯彼罗的名字，它用宏亮的低音宣布了我的罪恶。这样看来，我的孩子一定是葬身在海底的软泥之下了；我要到深不可测的海底去寻找他，跟他睡在一块儿！（下。）

西巴斯辛 要是这些鬼怪们一个一个地来，我可以打得过他们。

安东尼奥 让我助你一臂之力。（西巴斯辛、安东尼奥下。）

贡柴罗 这三个人都有些不顾死活的神气。他们的重大的罪恶像隔了好久才发作的毒药一样，现在已经在开始咬啮他们的灵魂了。你们是比较善于临机应变的，请快快追上去，阻止他们不要作出什么疯狂的举动来。

阿德里安 你们跟我来吧。（同下。）

暴风雨

第四幕

第一场　普洛斯彼罗洞室之前

普洛斯彼罗、腓迪南、米兰达上。

普洛斯彼罗　要是我曾经给你太严厉的惩罚，你也已经得到补偿了；因为我已经把我生命中的一部分给了你，我是为了她才活着的。现在我再把她交给你的手里；你所受的一切苦恼都不过是我用来试验你的爱情的，而你能异常坚强地忍受它们；这里我当着天，许给你这个珍贵的赏赐。腓迪南啊，不要笑我这样把她夸奖，你自己将会知道一切的称赞比起她自身的美好来，都是瞠乎其后的。

腓迪南　我绝对相信您的话。

普洛斯彼罗　既然我的给与和你的获得都不是出于贸然，你就可以娶我的女儿。但在一切神圣的仪式没有充分给你许可之前，你不能侵犯她处女的尊严；否则你们的结合将不能得到上天的美满的祝福，冷淡的憎恨、白眼的轻蔑和不睦将使你们的姻缘中长满令人嫌恶的恶草。所以小心一点吧，许门①的明灯将照引着你们！

腓迪南　我希望的是以后在和如今一样的爱情中享受着平和的日子、美秀的儿女和绵绵的生命，因此即使在最幽冥的暗室中，在最方便的场合，有伺隙而来的魔鬼的最强烈的煽惑，也不能使我的廉耻化为肉欲，而轻轻地损毁了举行婚礼那天的无比的欢乐。可是那样的一天来得也太慢了，我觉得不是太阳神的骏马在途中跑垮了，便是黑夜被系禁在冥域了。

普洛斯彼罗　说得很好。坐下来跟她谈话吧，她是属于你的。喂，爱丽儿！我的勤劳的仆人，爱丽儿！

　　　　　　爱丽儿上。

爱丽儿　我的威严的主人有什么吩咐？我在这里。

普洛斯彼罗　你跟你的小伙计们把刚才的事情办得很好；我必须再差你们作一件这样的把戏。去把你手下的小喽啰们召唤到这儿来；叫他们赶快装扮起来；因为我必须在这一对年轻人的面前卖弄卖弄我的法术；我曾经答应过他们，他们也在盼望着。

爱丽儿　即刻吗？

普洛斯彼罗　是的，一霎眼的时间内就得办好。

爱丽儿　你来去还不曾出口，

――――――――――――――

①许门（Hymen），希腊罗马神话中司婚姻之神。

暴风雨

你呼吸还留着没透，

我们早脚尖儿飞快，

扮鬼脸大伙儿都在，

主人，你爱我不爱？

普洛斯彼罗 我很爱你，我的伶俐的爱丽儿！在我没有叫你之前，不要就来。

爱丽儿 好，我知道。（下。）

普洛斯彼罗 当心保持你的忠实，不要太恣意调情。血液中的火焰一燃烧起来，最坚强的誓言也就等于草秆。节制一些吧，否则你的誓约就要守不住了！

腓迪南 请您放心，老人家；皎白的处女的冰雪，早已压伏了我胸中的欲火。

普洛斯彼罗 好。——出来吧，我的爱丽儿！不要让精灵们缺少一个，多一个倒不妨。轻轻快快地出来吧！大家不要响，只许静静地看！

> 柔和的音乐；假面剧开始。精灵扮伊里斯①上。

伊里斯 刻瑞斯②，最丰饶的女神，我是天上的彩虹，我是天后的使官，天后在云端，传旨请你离开你那繁荣着小麦、大麦、黑麦、燕麦、野豆、豌豆的膏田；离开你那羊群所游息的茂草的山坡，以及饲牧它们的满铺着刍草的平原；离开你那生长着立金花和蒲苇的堤岸，多雨的四月奉着你的命令而把它装饰着的，在那里给清冷的水仙女们备下了洁

---

①伊里斯（Iris），希腊罗马神话中诸神之信使，又为虹之女神。

②刻瑞斯（Ceres），希腊罗马神话中司农事及大地之女神。

净的新冠；离开你那为失恋的情郎们所爱好而徘徊其下的金雀花的薮丛；你那牵藤的葡萄园；你那荒瘠碛确的海滨，你所散步游息的所在：请你离开这些地方，到这里的草地上来，和尊严的天后陛下一同游戏；她的孔雀已经轻捷地飞翔起来了，请你来陪驾吧，富有的刻瑞斯。

> 刻瑞斯上。

刻瑞斯 万福，你永远服从着天后命令的，五彩缤纷的使者！你用你的橙黄色的翼膀常常洒下甘露似的清新的阵雨在我的花朵上面，用你的青色的弓的两端为我的林木丛生的地亩和没有灌枝的高原披上了富丽的肩巾：敢问你的王后唤我到这细草原上来，有什么吩咐？

伊里斯 为要庆祝真心的爱情的结合，大量地赐福给这一双有福的恋人。

刻瑞斯 告诉我，天虹，你知不知道维纳斯或她的儿子是否也随侍着天后？自从她们用诡计使我的女儿陷在幽冥的狄斯的手中以后，我已经立誓不再见她和她那盲目的小儿的无耻的面孔了。①

伊里斯 不要担心会碰见她；我遇见她的灵驾由一对对的白鸽拖引着，正冲破云霄，向帕福斯②而去，她的儿子同车陪着她。她们因为这里的这一对男女曾经立誓在许门的火炬未

---

①狄斯（Dis）即普路同（Pluto），幽冥之主，掠刻瑞斯之女普洛塞庇那为妻；后者即春之神，每年一次被释返地上。维纳斯之子即小爱神丘匹德，因俗语云爱情是盲目的，故云"盲目的小儿"。

②帕福斯（Paphos），维纳斯神庙所在地，相传她在海中诞生后首临于此。

暴风雨

燃着以前不得同衾，因此想要在他们身上干一些无赖的把戏，可是白费了心机；马斯的情妇[1]已经满心暴躁地回去；她那发恼的儿子已经折断了他的箭，发誓以后不再射人，只是跟麻雀们开开玩笑，打算做一个好孩子了。

刻瑞斯　最高贵的王后，伟大的朱诺[2]来了；从她的步履上我辨认得出来。

　　　　　　　朱诺上。

朱诺　我的丰饶的贤妹安好？跟我去祝福这一对璧人，让他们一生幸福，产出美好的后裔来。（唱）

富贵尊荣，美满良姻，

百年偕老，子孙盈庭；

幸福朝朝，欢娱暮暮。

朱诺向你们恭贺！

刻瑞斯（唱）

田多落穗，积谷盈仓，

葡萄成簇，摘果满筐；

秋去春来，如心所欲。

刻瑞斯为你们祝福！

腓迪南　这是一个最神奇的幻景，这样迷人而谐美！我能不能猜想这些都是精灵呢？

普洛斯彼罗　是的，这些是我从他们的世界里用法术召唤来表现我一时的空想的精灵们。

---

①马斯（Mars），希腊罗马神话里的战神，与爱神维纳斯有私。

②朱诺（Juno），希腊罗马神话中的天后。

腓迪南　让我终老在这里吧！有着这样一位人间稀有的神奇而贤哲的父亲，这地方简直是天堂了。

　　　　朱诺与刻瑞斯作耳语，授命令于伊里斯。

普洛斯彼罗　亲爱的，莫做声！朱诺和刻瑞斯在那儿严肃地耳语，将要有一些另外的事情。嘘！不要开口！否则我们的魔法就要破解了。

伊里斯　戴着蒲苇之冠，眼光永远是那么柔和的、住在蜿蜒的河流中的仙女们啊！离开你们那涡卷的河床，到这青青的草地上来答应朱诺的召唤吧！前来，冷洁的水仙们，伴着我们一同庆祝一段良缘的缔结，不要太迟了。

　　　　若干水仙女上。

伊里斯　你们在八月的日光下蒸晒着的辛苦的刈禾人，离开你们的田亩，到这里来欢乐一番；戴上你们麦秆的帽子，一个一个地来和这些清艳的水仙们跳起乡村的舞蹈来吧！

　　　　若干服饰齐整的刈禾人上，和水仙女们一起作优美的舞蹈；临了时普洛斯彼罗突起发言，在一阵奇异的、幽沉的、杂乱的声音中，众精灵悄然隐去。

普洛斯彼罗　（旁白）我已经忘记了那个畜生凯列班和他的同党想来谋取我生命的奸谋，他们所定的时间已经差不多到了。（向精灵们）很好！现在完了，去吧！

腓迪南　这可奇怪了，你的父亲在发着很大的脾气。

米兰达　直到今天为止，我从来不曾看见过他狂怒到这样子。

普洛斯彼罗　王子，你看上去似乎有点惊疑的神气。高兴起来吧，我儿；我们的狂欢已经终止了。我们的这一些演员们，我曾经告诉过你，原是一群精灵；他们都已化成淡烟而消散了。如同这虚无缥缈的幻景一样，入云的楼阁、瑰伟的宫殿、庄严的庙堂，甚至地球自身，以及地球上所有的一切，都将同样消散，就像这一场幻景，连一点烟云的影子都不曾留下。构成我们的料子也就是那梦幻的料子；我们的短暂的一生，前后都环绕在酣睡之中。王子，我心中有些昏乱，原谅我不能控制我的弱点；我的衰老的头脑有些昏了。不要因为我的年老不中用而不安。假如你们愿意，请回到我的洞里休息一下。我将略作散步，安定安定我焦躁的心境。

米兰达、腓迪南　愿你安静啊！（下。）

普洛斯彼罗　赶快来！谢谢你，爱丽儿，来啊！

　　　　　　　　爱丽儿上。

爱丽儿　我永远准备着执行你的意志。有什么吩咐？

普洛斯彼罗　精灵，我们必须预备着对付凯列班。

爱丽儿　是的，我的命令者；我在扮演刻瑞斯的时候就想对你说，可是我深恐触怒了你。

普洛斯彼罗　再对我说一次，你把这些恶人安置在什么地方？

爱丽儿　我告诉过你，主人，他们喝得醉醺醺的，勇敢得了不得；他们怒打着风，因为风吹到了他们的脸上，痛击着地面，因为地面吻了他们的脚；但总是不忘记他们的计划。于是我敲起小鼓来；一听见了这声音，他们便像狂野的小马一样，耸起了他们的耳朵，睁大了他们的眼睛，掀起了他们的鼻孔，似乎音乐是可以嗅到的样子。这样我迷惑了他们的耳朵，使他们像小牛跟从着母牛的叫声一样，跟我走过了一簇簇长着尖齿的野茨，咬人的刺金雀和锐利的荆棘丛，把他们可怜的胫骨刺穿。最后我把他们遗留在离开这里不远的那口满是浮渣的污水池中，水没到了下巴，他们却在那里手舞足蹈，把一池臭水搅得比他们的臭脚还臭。

普洛斯彼罗 干得很好，我的鸟儿。你仍旧隐形前去，把我室内的华丽的衣服拿来，好把这些恶贼们诱上圈套。

爱丽儿 我去，我去。（下。）

普洛斯彼罗 一个魔鬼，一个天生的魔鬼，教养也改不过他的天性来；在他身上我一切好心的努力都全然白费。他的形状随着年纪而一天丑陋似一天，他的心也一天一天腐烂下去。我要把他们狠狠惩治一顿，直至他们因痛苦而呼号。

　　　　爱丽儿携带许多华服等上。

普洛斯彼罗 来，把它们挂起在这根绳上。

　　　　普洛斯彼罗与爱丽儿隐身留原处。凯列班、斯丹法诺、特林鸠罗三人浑身淋湿上。

凯列班 请你们脚步放轻些，不要让瞎眼的鼹鼠听见了我们的足声。我们现在已经走近他的洞窟了。

斯丹法诺 怪物，你说你那个不会害人的仙人简直跟我们开了一个不大不小的玩笑。

特林鸠罗 怪物，我满鼻子都是马尿的气味，把我恶心得不得了。

斯丹法诺 我也是这样。你听见吗，怪物？要是我向你一发起恼来，当心点儿。

特林鸠罗 你不过是一个走投无路的怪物罢了。

凯列班 好老爷，不要恼我，耐心些；因为我将要带给您的好处可以抵偿过这场不幸。请你们轻轻地讲话；大家要静得好像在深夜里一样。

特林鸠罗　呃，可是我们的酒瓶也落在池里了。

斯丹法诺　这不单是耻辱和不名誉，简直是无限的损失。

特林鸠罗　这比浑身淋湿更使我痛心；可是，怪物，你却说那是你的不会害人的仙人。

斯丹法诺　我一定要去把我的酒瓶捞起来，即使我必须没头没脑钻在水里。

凯列班　我的王爷，请您安静下来。瞧这里，这便是洞口了；不要响，走进去。把那件大好的恶事干起来，这岛便属您所有了；我，您的凯列班，将要永远舐您的脚。

斯丹法诺　让我握你的手；我开始动了杀人的念头了。

特林鸠罗　啊，斯丹法诺大王！大老爷！尊贵的斯丹法诺！瞧这儿有多么好的衣服给您穿呀！

凯列班　让它去，你这蠢货！这些不过是废物罢了。

特林鸠罗　哈哈，怪物！什么是旧衣庄上的货色，我们是看得出来的。啊，斯丹法诺大王！

斯丹法诺　放下那件袍子，特林鸠罗！凭着我这手起誓，那件袍子我要。

特林鸠罗　请大王拿去好了。

凯列班　愿这傻子浑身起水肿！你老是恋恋不舍这种废料有什么意思呢？别去理这些个，让我们先去行刺。要是他醒了，他会使我们从脚心到头顶遍体鳞伤，把我们弄成不知什么样子的。

斯丹法诺　别开口，怪物！——绳太太，这不是我的短外套吗？本来吊在你绳上，现在吊在我身上；短外衣呀，我说，你别"掉"了毛，变个秃头雕才好。

特林鸠罗 妙极妙极！大王高兴的话，让我们横七竖八一起偷了去！

斯丹法诺 你这句话说得很妙，赏给你这件衣服吧。只要我做这里的国王，聪明人总不会被亏待的。"横七竖八偷了去"是一句绝妙的俏皮话，再赏你一件衣服。

特林鸠罗 怪物，来啊，涂一些胶在你的手指上，把其余的都拿去吧。

凯列班 我什么都不要。我们将要错过了时间，大家要变成蠢鹅，或是额角低得难看的猴子了！

斯丹法诺 怪物，别连手都不动一动；给我把这件衣服拿到我那放着大酒桶的地方去，否则我的国境内不许你立足。去，把这拿去。

特林鸠罗 还有这一件。

斯丹法诺 呃，还有这一件。

　　　　　幕内猎人的声音。若干精灵化作猎犬上，将斯丹法诺等三人追逐，普洛斯彼罗和爱丽儿嗾着它们。

普洛斯彼罗 嗨！莽丁，嗨！

爱丽儿 雪狒！那边去，雪狒！

普洛斯彼罗 飞雷！飞雷！那边，铁龙！那边！听，听！（凯列班、斯丹法诺、特林鸠罗被驱下）去叫我的妖精们用厉害的痉挛磨他们的骨节；叫他们的肌肉像老年人那样抽搐起来，掐得他们满身都是伤痕，比豹子或山猫身上的斑点还多。

爱丽儿 听！他们在呼号呢。

普洛斯彼罗 让他们被痛痛快快地追一下子。此刻我的一切仇人

暴风雨

67

们都在我的手掌之中了；不久我的工作便可完毕，你就可以呼吸自由的空气，暂时你再跟我来，帮我一些忙吧。（同下。）

第五幕

第一场　普洛斯彼罗洞室之前

普洛斯彼罗穿法衣上；爱丽儿随上。

普洛斯彼罗　现在我的计划将告完成；我的魔法毫无差失；我的精灵们俯首听命；一切按部就班顺利地过去。是什么时候了？

爱丽儿　将近六点钟。你曾经说过，主人，在这时候我们的工作应当完毕。

普洛斯彼罗　当我刚兴起这场的时候，我曾经这样说过。告诉我，我的精灵，国王和他的从者们怎么样啦？

爱丽儿　按照着你的吩咐，他们仍旧照样囚禁在一起，同你离开他们的时候一样，在荫蔽着你的洞室的那一列大菩提树底下聚集着这一群囚徒；你要是不把他们释放，他们便一步

暴风雨

路也不能移动。国王、他的弟弟和你的弟弟，三个人都疯了；其余的人在为他们悲泣，充满了忧伤和惊骇；尤其是那位你所称为"善良的老大臣贡柴罗"的，他的眼泪一直从他的胡须上淋了下来，就像从茅檐上流下来的冬天的滴水一样。你在他们身上所施的魔术的力量是这么大，要是你现在看见了他们，你的心也一定会软下来。

普洛斯彼罗　你这样想吗，精灵？

爱丽儿　如果我是人类，主人，我会觉得不忍的。

普洛斯彼罗　我的心也将会觉得不忍。你不过是一阵空气罢了，居然也会感觉到他们的痛苦；我是他们的同类，跟他们一样敏锐地感到一切，和他们有着同样的感情，难道我的心反会比你硬吗？虽然他们给我这样大的迫害，使我痛心切齿，但是我宁愿压伏我的愤恨而听从我的更高尚的理性；道德的行动较之仇恨的行动是可贵得多的。要是他们已经悔过，我的唯一的目的也就达到终点，不再对他们更有一点怨恨。去把他们释放了吧，爱丽儿。我要给他们解去我的魔法，唤醒他们的知觉，让他们仍旧恢复本来的面目。

爱丽儿　我去领他们来，主人。（下。）

普洛斯彼罗　你们山河林沼的小妖们；踏沙无痕、追逐着退潮时的海神而等他一转身来便又倏然逃去的精灵们；在月下的草地上留下了环舞的圈迹，使羊群不敢走近的小神仙们；以及在半夜中以制造菌蕈为乐事，一听见肃穆的晚钟便雀跃起来的你们；虽然你们不过是些弱小的精灵，但我借着你们的帮助，才能遮暗了中天的太阳，唤起作乱的狂风，在青天碧海之间激起浩荡的战争；我把火给与震雷，用乔

武大神的霹雳劈碎了他自己那株粗干的橡树；我使稳固的
海岬震动，连根拔起松树和杉柏；因着我的法力无边的命
令，坟墓中的长眠者也被惊醒，打开了墓门出来。但现在
我要捐弃这种狂暴的魔术，仅仅再要求一些微妙的天乐，
化导他们的心性，使我能得到我所希望的结果；以后我便
将折断我的魔杖，把它埋在幽深的地底，把我的书投向深
不可测的海心。

　　庄严的音乐。爱丽儿重上；他的后面跟随着神情狂乱
的阿隆佐，由贡柴罗随侍；西巴斯辛与安东尼奥也和阿隆
佐一样，由阿德里安及弗兰西斯科随侍；他们都步入普洛
斯彼罗在地上所划的圆圈中，被魔法所禁，呆立不动。普
洛斯彼罗看见此情此景，开口说道：

普洛斯彼罗　庄严的音乐是对于昏迷的幻觉的无上安慰，愿它医
治好你们那在煎炙着的失去作用的脑筋！站在那儿吧，因
为你们已经被魔法所制伏了。圣人一样的贡柴罗，可尊敬
的人！我的眼睛一看见了你，便油然堕下同情的眼泪来。
魔术的力量在很快地消失，如同晨光悄悄掩袭暮夜，把黑
暗消解了一样，他们那开始抬头的知觉已经在驱除那蒙蔽
住他们清明的理智的迷糊的烟雾了。啊，善良的贡柴罗！
不单是我的真正的救命恩人，也是你所跟随着的君主的一
位忠心耿耿的臣子，我要在名义上在实际上重重报答你的
好处。你，阿隆佐，对待我们父女的手段未免太残酷了！
你的兄弟也是一个帮凶的人。你现在也受到惩罚了，西巴
斯辛！你，我的骨肉之亲的兄弟，为着野心，忘却了怜悯
和天性；在这里又要和西巴斯辛谋弑你们的君王，为着这

暴风雨

缘故他的良心的受罚是十分厉害的；我宽恕了你，虽然你的天性是这样刻薄！他们的知觉的浪潮已经在渐渐激涨起来，不久便要冲上了现在还是一片黄泥的理智的海岸。在他们中间还不曾有一个人看见我，或者会认识我。爱丽儿，给我到我的洞里去把我的帽子和佩剑拿来。（爱丽儿下）我要显出我的本来面目，重新打扮做旧时的米兰公爵的样子。快一些，精灵！你不久就可以自由了。

　　　　　爱丽儿重上，唱歌，一面帮助普洛斯彼罗装束。

爱丽儿（唱）

　　蜂儿吮啜的地方，我也在那儿吮啜；

　　在一朵莲香花的冠中我躺着休息；

　　我安然睡去，当夜枭开始它的呜咽。

　　骑在蝙蝠背上我快活地飞舞翩翩，

　　快活地快活地追随着逝去的夏天；

　　快活地快活地我要如今

　　向垂在枝头的花底安身。

普洛斯彼罗　啊，这真是我的可爱的爱丽儿！我真舍不得你；但你必须有你的自由。——好了，好了。——你仍旧隐着身子，到国王的船里去；水手们都在舱口下面熟睡着，先去唤醒了船长和水手长之后，把他们引到这里来！快一些。

爱丽儿　我乘风而去，不等到你的脉搏跳了两跳就回来。（下。）

贡柴罗　这儿有着一切的迫害、苦难、惊奇和骇愕；求神圣把我们带出这可怕的国土吧！

普洛斯彼罗　请您看清楚，大王，被害的米兰公爵普洛斯彼罗在这里。为要使您相信对您讲话的是一个活着的邦君，让我拥抱您；对于您和您的同伴们，我是竭诚欢迎！

阿隆佐 我不知道你真的是不是他，或者不过是一些欺人的鬼魅，如同我不久以前所遇到的。但是你的脉搏跳得和寻常血肉的人一样；而且自从我一见你之后，那使我发狂的精神上的痛苦已减轻了些。如果这是一件实在发生的事，那定然是一段最稀奇的故事。你的公国我奉还给你，并且恳求你饶恕我的罪恶。——但是普洛斯彼罗怎么还会活着而且在这里呢？

普洛斯彼罗 尊贵的朋友，先让我把您老人家拥抱一下；您的崇高是不可以限量的。

贡柴罗 我不能确定这是真实还是虚无。

普洛斯彼罗 这岛上的一些蜃楼海市曾经欺骗了你，以致使你不敢相信确实的事情。——欢迎啊，我的一切的朋友们！（向西巴斯辛、安东尼奥旁白）但是你们这一对贵人，要是我不客气的话，可以当场证明你们是叛徒，叫你们的王上翻过脸来；可是现在我不想揭发你们。

西巴斯辛 （旁白）魔鬼在他嘴里说话吗？

普洛斯彼罗 不。讲到你，最邪恶的人，称你是兄弟也会玷污了我的齿舌，但我饶恕了你的最卑劣的罪恶，一切全不计较了；我单单要向你讨还我的公国，我知道那是你不得不把它交还的。

阿隆佐 如果你是普洛斯彼罗，请告诉我们你的遇救的详情，怎么你会在这里遇见我们。在三小时以前，我们的船毁没在这海岸的附近；在这里，最使我想起了心中惨痛的，我失去了我的亲爱的儿子腓迪南！

暴风雨

普洛斯彼罗　我听见这消息很悲伤，大王。

阿隆佐　这损失是无可挽回的，忍耐也已经失去了它的效用。

普洛斯彼罗　我觉得您还不曾向忍耐求助。我自己也曾经遭到和您同样的损失，但借着忍耐的慈惠的力量，使我安之若素。

阿隆佐　你也遭到同样的损失！

普洛斯彼罗　对我正是同样重大，而且也是同样新近的事；比之您，我更缺少任何安慰的可能，我所失去的是我的女儿。

阿隆佐　一个女儿吗？天啊！要是他们俩都活着，都在那不勒斯，一个做国王，一个做王后，那将是多么美满！真能这样的话，我宁愿自己长眠在我的孩子现今所在的海底。你的女儿是什么时候失去的？

普洛斯彼罗　就在这次中。我看这些贵人们由于这次的遭遇，太惊愕了，惶惑得不能相信他们眼睛所见的是真实，他们嘴里所说的是真的言语。但是，不论你们心里怎样迷惘，请你们相信我确实便是普洛斯彼罗，从米兰被放逐出来的公爵；因了不可思议的偶然，恰恰在这儿你们沉舟的地方我登上陆岸，做了岛上的主人。关于这事现在不要再多谈了，因为那是要好多天才讲得完的一部历史，不是一顿饭的时间所能叙述得了，而且也不适宜于我们这初次的相聚。欢迎啊，大王！这洞窟便是我的宫廷，在这里我也有寥寥几个侍从，没有一个外地的臣民。请您向里面探望一下。因为您还给了我的公国，我也要把一件同样好的礼物答谢您；至少也要献出一个奇迹来，使它给与您安慰，正像我的公国安慰了我一样。

　　　　洞门开启，腓迪南与米兰达在内对弈。

米兰达　好人，你在安排着作弄我。

腓迪南　不，我的最亲爱的，即使给我整个的世界我也不愿欺弄你。

米兰达　我说你作弄我；可是就算你并吞了我二十个王国，我还是认为这是一场公正的游戏。

阿隆佐　倘使这不过是这岛上的一场幻景，那么我将要两次失去我的亲爱的孩子了。

西巴斯辛　不可思议的奇迹！

腓迪南　海水虽然似乎那样凶暴，然而却是仁慈的；我错怨了它们。（向阿隆佐跪下。）

阿隆佐　让一个快乐的父亲的所有的祝福拥抱着你！起来，告诉我你是怎么到这里来的。

米兰达　神奇啊！这里有多少好看的人！人类是多么美丽！啊，新奇的世界，有这么出色的人物！

普洛斯彼罗　对于你这是新奇的。

阿隆佐　和你一起玩着的这姑娘是谁？你们的认识顶多也不过三个钟头罢了。她是不是就是把我们拆散了又使我们重新聚合的女神？

腓迪南　父亲，她是凡人，但借着上天的旨意她是属于我的；我选中她的时候，无法征询父亲的意见，而且那时我也不相信我还有一位父亲。她就是这位著名的米兰公爵的女儿；我常常听见说起过他的名字，但从没有看见过他一面。从他的手里我得到了第二次生命；而现在这位小姐使他成为我的第二个父亲。

阿隆佐　那么我也是她的父亲了；但是唉，听起来多么使人奇怪，我必须向我的孩子请求宽恕!

普洛斯彼罗 好了,大王,别再说了;让我们不要把过去的不幸重压在我们的记忆上。

贡柴罗 我的心中感激得说不出话来,否则我早就开口了。天上的神明们,请俯视尘寰,把一顶幸福的冠冕降临在这一对少年的头上;因为把我们带到这里来相聚的,完全是上天的主意!

阿隆佐 让我跟着你说"阿门",贡柴罗!

贡柴罗 米兰的主人被逐出米兰,而他的后裔将成为那不勒斯的王族吗?啊,这是超乎寻常喜事的喜事,应当用金字把它铭刻在柱上,好让它传至永久。在一次航程中,克拉莉贝尔在突尼斯获得了她的丈夫;她的兄弟腓迪南又在他迷失的岛上找到了一位妻子;普洛斯彼罗在一座荒岛上收回了他的公国;而我们大家呢,在每个人迷失了本性的时候,重新找着了各人自己。

阿隆佐 (向腓迪南、米兰达)让我握你们的手;谁不希望你们快乐的,让忧伤和悲哀永远占据他的心灵!

贡柴罗 愿如大王所说的,阿门!

　　　　　爱丽儿重上,船长及水手长惊愕地随在后面。

贡柴罗 瞧啊,大王!瞧!又有几个我们的人来啦。我曾经预言过,只要陆地上有绞架,这家伙一定不会淹死。喂,你这谩骂的东西!在船上由得你指天骂日,怎么一上了岸响都不响了呢?难道你没有把你的嘴巴带到岸上来吗?说来,有什么消息?

水手长 最好的消息是我们平安地找到了我们的王上和同伴;其

次，在三个钟头以前我们还以为已经撞碎了的我们那条船，却正和第一次下水的时候那样结实、完好而齐整。

爱丽儿 （向普洛斯彼罗旁白）主人，这些都是我去了以后所做的事。

普洛斯彼罗 （向爱丽儿旁白）我的足智多谋的精灵！

阿隆佐 这些事情都异乎寻常；它们越来越奇怪了。说，你怎么会到这儿来的？

水手长 大王，要是我自己觉得我是清清楚楚地醒着，也许我会勉强告诉您。可是我们都睡得像死去一般，也不知道怎么一下子，都给关闭在舱口底下了。就在不久之前我们听见了各种奇怪的响声——怒号、哀叫、狂呼、铿锵的铁链声以及此外许多可怕的声音，把我们闹醒。立刻我们就自由了，个个都好好儿的；我们看见壮丽的王船丝毫无恙，明明白白在我们的眼前；我们的船长一面看着它，一面手舞足蹈。忽然一下子莫名其妙地，我们就像在梦中一样糊里糊涂地离开了其余的兄弟，被带到这里来了。

爱丽儿 （向普洛斯彼罗旁白）干得好不好？

普洛斯彼罗 （向爱丽儿旁白）出色极了，我的勤劳的精灵！你就要得到自由了。

阿隆佐 这真叫人像堕入五里雾中一样！这种事情一定有一个超自然的势力在那儿指挥着；愿神明的启迪给我们一些指示吧！

普洛斯彼罗 大王，不要因为这种怪事而使您心里迷惑不宁；不久我们有了空暇，我便可以简简单单地向您解答这种种奇迹，使您觉得这一切的发生，未尝不是可能的事。现在请高兴起来，把什么事都往好的方面着想吧。（向爱丽儿旁白）过来，精灵；把凯列班和他的伙伴们放出来，解去他们身上的魔法。（爱丽儿下）怎样，大王？你们的一伙中还缺少几个人，一两个为你们所忘怀了的人物。

　　　　爱丽儿驱凯列班、斯丹法诺、特林鸠罗上，各人穿着他们所偷得的衣服。

斯丹法诺　让各人为别人打算，不要顾到自己，[①]因为一切都是命运。勇气啊！出色的怪物，勇气啊！

特林鸠罗　要是装在我头上的眼睛不曾欺骗我，这里的确是很堂皇的样子。

凯列班　塞提柏斯呀！这些才真是出色的精灵！我的主人真是一表非凡！我怕他要责罚我。

西巴斯辛　哈哈！这些是什么东西，安东尼奥大人？可以不可以用钱买的？

安东尼奥　大概可以吧；他们中间的一个完全是一条鱼，而且一定很可以卖几个钱。

普洛斯彼罗　各位大人，请看一看这些家伙们身上穿着的东西，就可以知道他们是不是好东西。这个奇丑的恶汉的母亲是一个很有法力的女巫，能够叫月亮都听她的话，能够支配着本来由月亮操纵的潮汐。这三个家伙做贼偷了我的东西；这个魔鬼生下来的杂种又跟那两个东西商量谋害我的生命。那两人你们应当认识，是您的人；这个坏东西我必

------

①斯丹法诺正酒醉糊涂，语无伦次；按照他的本意，他该是想说："让各人为自己打算，不要顾到别人。"

须承认是属于我的。

凯列班　我免不了要被拧得死去活来。

阿隆佐　这不是我的酗酒的膳夫斯丹法诺吗？

西巴斯辛　他现在仍然醉着；他从哪儿来的酒呢？

阿隆佐　这是特林鸠罗，看他醉得天旋地转。他们从哪儿喝这么
多的好酒，把他们的脸染得这样血红呢？你怎么会变成这
种样子？

特林鸠罗　自从我离开了你之后，我的骨髓也都浸酥了；我想这
股气味可以熏得连苍蝇也不会在我的身上下卵了吧？

西巴斯辛　喂，喂，斯丹法诺！

斯丹法诺　啊！不要碰我！我不是什么斯丹法诺，我不过是一堆
动弹不得的烂肉。

普洛斯彼罗　狗才，你要做这岛上的王，是不是？

斯丹法诺　那么我一定是个倒楣的王爷。

阿隆佐　这样奇怪的东西我从来没有看见过。（指凯列班。）

普洛斯彼罗　他的行为跟他的形状同样都是天生地下劣。——去，
狗才，到我的洞里去；把你的同伴们也带了进去。要是你
希望我饶恕的话，把里面打扫得干净点儿。

凯列班　是，是，我就去。从此以后我要聪明一些，学学讨好的
法子。我真是一头比六头蠢驴合起来还蠢的蠢货！竟会把
这种醉汉当做神明，向这种蠢才叩头膜拜！

普洛斯彼罗　快滚开！

阿隆佐　滚吧，把你们那些衣服仍旧归还到原来寻得的地方去。

西巴斯辛　什么寻得，是偷的呢。（凯列班、斯丹法诺、特林鸠罗
同下。）

普洛斯彼罗 大王，我请您的大驾和您的随从们到我的洞窟里来；今夜暂时要屈你们在这儿宿一夜。一部分的时间我将销磨在谈话上，我相信那种谈话会使时间很快溜过；我要告诉您我的生涯中的经历，以及一切自从我到这岛上来之后所遭遇的事情。明天早晨我要带着你们上船回到那不勒斯去；我希望我们所疼爱的孩子们的婚礼就在那儿举行；然后我要回到我的米兰，在那儿等待着瞑目长眠的一天。

阿隆佐 我渴想听您讲述您的经历，那一定会使我们的耳朵着迷。

普洛斯彼罗 我将从头到尾向您细讲；并且答应您一路上将会风平浪静，有吉利的顺风吹送，可以赶上已经去远了的您的船队。（向爱丽儿旁白）爱丽儿，我的小鸟，这事要托你办理；以后你便可以自由地回到空中，从此我们永别了！——请你们过来。（同下。）

收场诗

普洛斯彼罗致辞

现在我已把我的魔法尽行抛弃，

剩余微弱的力量都属于我自己；

横在我面前的分明有两条道路，

不是终身被符箓把我在此幽锢，

便是凭藉你们的力量重返故郭。

既然我现今已把我的旧权重握，

饶恕了迫害我的仇人，请再不要

把我永远锢闭在这寂寞的荒岛！

求你们解脱了我灵魂上的系锁，

赖着你们善意殷勤的鼓掌相助；

再烦你们为我吹嘘出一口和风，

好让我们的船只一起鼓满帆篷。

否则我的计划便落空。我再没有

暴风雨

魔法迷人，再没有精灵为我奔走；
我的结局将要变成不幸的绝望，
除非依托着万能的祈祷的力量，
它能把慈悲的神明的中心刺彻，
赦免了可怜的下民的一切过失。
你们有罪过希望别人不再追究，
愿你们也格外宽大，给我以自由！（下。）

冬天的故事

剧中人物

里昂提斯　西西里国王

迈密勒斯　西西里小王子

卡密罗

安提哥纳斯

克里奥米尼斯　　　　　西西里大臣

狄温

波力克希尼斯　波希米亚国王

弗罗利泽　其子

阿契达摩斯　波希米亚大臣

水手

狱吏

牧人　潘狄塔的假父

小丑　其子

牧人之仆

奥托里古斯　流氓

赫米温妮　里昂提斯之后

潘狄塔　里昂提斯及赫米温妮之女

宝丽娜　安提哥纳斯之妻

爱米利娅　　　宫女

其他宫女　　　　　　随侍王后

毛大姐

陶姑儿 　　　　牧羊女

西西里众臣及贵妇；侍从及卫士；扮萨特者；牧人及牧羊女等；致辞者扮时间

地　点

西西里；波希米亚

第一幕

第一场　西西里。里昂提斯宫中的前厅

卡密罗及阿契达摩斯上。

阿契达摩斯　卡密罗，要是您有机会到波希米亚来，也像我这回陪驾来到贵处一样，我已经说过，您一定可以瞧出我们的波希米亚跟你们的西西里有很大的不同。

卡密罗　我想明年夏天西西里王打算答访波希米亚。

阿契达摩斯　我们的简陋的款待虽然不免贻笑，可是我们会用热情来表示我们的诚意；因为说老实话——

卡密罗　请您——

阿契达摩斯　真的，我并不是随口说说。我们不能像这样盛

大——用这种珍奇的——我简直说不出来。可是我们会给你们喝醉人的酒，好让你们感觉不到我们的简陋；虽然得不到你们的夸奖，至少也不会惹你们见怪。

卡密罗　您太言重了。

阿契达摩斯　相信我，我说的都是从心里说出来的老实话。

卡密罗　西西里对于波希米亚的情谊，是怎么也不能完全表示出来的。两位陛下从小便在一起受教育；他们彼此间的感情本来非常深切，无怪现在这么要好。自从他们长大之后，地位和政治上的必要使他们不能再在一起，但是他们仍旧交换着礼物、书信和友谊的使节，代替着当面的晤对。虽然隔离，却似乎朝夕共处；远隔重洋，却似乎携手相亲；一在天南，一在地北，却似乎可以互相拥抱。但愿上天继续着他们的友谊！

阿契达摩斯　我想世间没有什么阴谋或意外的事故可以改变他们的心，你们那位小王子迈密勒斯真是一位福星，他是我眼中所见到的最有希望的少年。

卡密罗　我很同意你对于他的期望。他是个了不得的孩子，受到全国人民的爱慕。在他没有诞生以前便已经扶杖而行的老人，也在希望着能够活到看见他长大成人的一天。

阿契达摩斯　否则他们便会甘心死去吗？

卡密罗　是的，要是此外没有必须活下去的理由。

阿契达摩斯　要是王上没有儿子，他们会希望扶着拐杖活下去看到他有个孩子的。（同下。）

第二场　同前。宫中大厅

里昂提斯、波力克希尼斯、赫米温妮、迈密勒斯、卡密罗及侍从等上。

波力克希尼斯　自从我抛开政务、辞别我的御座之后，牧人日历中如水的明月已经盈亏了九度。再长一倍的时间也会载满了我的感谢，我的王兄；可是现在我必须负着永远不能报答的恩情而告别了。像一个置身在富丽之处的微贱之徒，我再在以前已经说过的千万次道谢之上再加上一句，"谢谢！"

里昂提斯　且慢道谢，等您去的时候再说吧。

波力克希尼斯　王兄，那就是明天了。我在担心着当我不在的时候，也许国中会发生什么事情；——但愿平安无事，不要让我的疑惧果成事实！而且，我住的时间已经长得叫您生厌了。

里昂提斯　王兄，您别瞧我不中用，以为我一下子就会不耐烦起来的。

波力克希尼斯　不再耽搁下去了。

里昂提斯　再住一个星期吧。

波力克希尼斯　真的，明天就要去了。

里昂提斯　那么我们把时间折半平分；这您可不能反对了。

波力克希尼斯　请您不要这样勉强我。世上没有人，绝对没有人能像您那样说动我；要是您的请求对于您确实是必要，那么即使我有必须拒绝的理由，我也会遵命住下。可是我的事情逼着我回去，您要是拦住我，虽说出于好意，却像是给我一种惩罚。同时我耽搁在这儿，又要累您麻烦。免得两面不讨好，王兄，我们还是分手了吧。

里昂提斯　你变成结舌了吗，我的王后？你说句话儿。

赫米温妮　我在想，陛下，等您逼得他发誓决不耽搁的时候再开口。陛下的言辞太冷淡了些。您应当对他说您相信波希米亚一切都平安，这可以用过去的日子来证明的。这样对他说了之后，他就无可借口了。

里昂提斯　说得好，赫米温妮。

赫米温妮　要是说他渴想见他的儿子，那倒是一个有力的理由；他要是这样说，便可以放他去；他要是这样发誓，就可以不必耽搁，我们会用纺线杆子把他打走的。（向波力克希尼斯）可是这不是您的理由，因此我敢再向陛下告借一个星期；等您在波希米亚接待我的王爷的时候，我可以允许他比约定告辞的日子迟一个月回来。——可是说老实话，里昂提斯，我的爱你一分一秒都不下于无论哪位老爷的太太哩。——您答应住下来吗？

波力克希尼斯　不，王嫂。

赫米温妮　你一定不答应住下来吗？

波力克希尼斯　我真的不能耽搁了。

赫米温妮　真的！您用这种话来轻轻地拒绝我；可是即使您发下漫天大誓，我仍旧要说，"陛下，您不准去。"真的，您不能去；女人嘴里说一句"真的"，也跟王爷们嘴里说的"真的"一样有力呢。您仍旧要去吗？一定要我把您像囚犯一样拘禁起来，而不像贵宾一样款留着吗？您宁愿用赎金代替道谢而脱身回去吗？您怎么说？我的囚犯呢，还是我的贵宾？凭着您那句可怕的"真的"，您必须在两者之间选取其一。

波力克希尼斯　那么，王嫂，我还是做您的宾客吧；做您的囚犯是说我有什么冒犯的地方，那我是断断不敢的。

赫米温妮　那么我也不是您的狱卒，而是您的殷勤的主妇了。来，我要问问您，我的王爷跟您两人小时候喜欢玩些什么把戏；那时你们一定是很有趣的哥儿吧？

波力克希尼斯　王嫂，我们那时是两个不知道有将来的孩子，以为明天就跟今天一样，永远是个孩子。

赫米温妮　我的王爷不是比您更喜欢开玩笑吗？

波力克希尼斯　我们就像是在阳光中欢跃的一对孪生的羔羊，彼此交换着咩咩的叫唤。我们各以一片天真相待，不懂得作恶事，也不曾梦想到世间会有恶人。要是我们继续过那种生活，要是我们的脆弱的心灵从不曾被激烈的情欲所激动，那么我们可以大胆向上天说，人类所继承下来的罪恶，我们是无分的。

赫米温妮　照这样说来，我知道你们以后曾经犯过罪了。

波力克希尼斯　啊！我的圣洁的娘娘！此后我们便受到了诱惑；因为在那些乳臭未干的日子，我的妻子还是一个女孩子，您的美妙的姿容也还不曾映进了我的少年游侣的眼中。

赫米温妮　嗳哟！您别说下去了，也许您要说您的娘娘跟我都是魔鬼哩。可是您说下去也不妨；我们可以担承陷害你们的罪名，只要你们跟我们犯罪是第一次，只要你们继续跟我们犯罪，而不去跟别人犯罪。

里昂提斯　他有没有答应？

赫米温妮 他愿意住下来了，陛下。

里昂提斯 我请他，他却不肯。赫米温妮，我的亲爱的，你的三寸舌建了空前的奇功了。

赫米温妮 空前的吗？

里昂提斯 除了还有一次之外，可以说是空前的。

赫米温妮 什么！我的舌头曾经立过两次奇功吗？以前的那次是在什么时候？请你告诉我；把我夸奖得心花怒放，高兴得像一头养肥了的家畜似的。一件功劳要是默默无闻，可以消沉了以后再做一千件的兴致；褒奖便是我们的酬报。一回的鞭策还不曾使马儿走过一亩地，温柔的一吻早已使它驰过百里。言归正传：我刚才的功劳是劝他住下；以前的那件呢？要是我不曾听错，那么它还有一个大姊姊哩；我希望她有一个高雅的名字！可是那一回我说出好话来是在什么时候？告诉我吧！我急于要知道呢。

里昂提斯 那就是当三个月难堪的时间终于黯然消逝，我毕竟使你伸出你的白白的手来，答应委身于我的那时候；你说，"我永远是你的了。"

赫米温妮 那真是一句好话。你们瞧，我已经说过两回好话了；一次我永久得到了一位君王，一次我暂时留住了一位朋友。

（伸手给波力克希尼斯。）

里昂提斯 （旁白）太热了！太热了！朋友交得太亲密了，难免发生情欲上的纠纷。我的心在跳着；可不是因为欢喜；不是欢喜。这种招待客人的样子也许是很纯洁的，不过因为诚恳，因为慷慨，因为一片真心而忘怀了形迹，并没有什么可以非议的地方；我承认那是没有什么关系的。可是手捏

冬天的故事

着手，指头碰着指头，像他们现在这个样子；脸上装着不自然的笑容，好像对着镜子似的；又叹起气来，好像一头鹿临死前的喘息：嘿！那种招待我可不欢喜；就是我的额角也不愿意长什么东西出来呢。——迈密勒斯，你是我的孩子吗？

迈密勒斯　是的，好爸爸。

里昂提斯　哈哈，真是我的好小子。怎么！把你的鼻子弄脏了吗？人家说他活像我的样子。来，司令官，我们一定要齐齐整整；不是齐齐整整，是干干净净，司令官；可是公牛、母牛和小牛，人家也会说它们齐齐整整。——还在弄他的手心！——喂喂，你这顽皮的小牛！你是我的小牛吗？

迈密勒斯　是的，要是您愿意，爸爸。

里昂提斯　你要是有一头蓬松的头发，再出了一对像我这样的角儿，那就完全像我了。可是人家说我们简直像两个蛋一样相像；女人们这样说，她们是什么都说得出来的；可是即使她们像染坏了的黑布一样坏，像风像水一样轻浮不定，像骗子在赌钱时用的骰子一样不可捉摸，然而说这孩子像我却总是一句真话。来，哥儿，用你那蔚蓝的眼睛望着我。可爱的坏东西！最亲爱的！我的肉！你的娘会不会？——也许有这种事吗？——爱情！你深入一切事物的中心；你会把不存在的事实变成可能，而和梦境互相沟通；——怎么会有这种事呢？——你能和伪妄合作，和空虚连络，难道便不会和实体发生关系吗？这种事情已经无忌惮地发生了，我已经看了出来，使我痛心疾首。

波力克希尼斯　西西里在说些什么？

赫米温妮 他好像有些烦躁。

波力克希尼斯 喂，王兄！怎么啦？你觉得怎样，王兄？

赫米温妮 您似乎头脑昏乱；想到了什么心事啦，陛下？

里昂提斯 不，真的没有什么。有时人类的至情会使人作出痴态来，叫心硬的人看着取笑！瞧我这孩子脸上的线条，我觉得好像恢复到二十三年之前，看见我自己不穿裤子，罩着一件绿天鹅绒的外衣，我的短剑套在鞘子里，因恐它伤了它的主人，如同一般装饰品一样，证明它是太危险的；我觉得那时的我多么像这个小东西，这位小爷爷。——我的好朋友，你愿意让人家欺骗你吗？

迈密勒斯 不，爸爸，我要跟他打。

里昂提斯 你要跟他打吗？哈哈！——王兄，您也像我们这样喜欢您的小王子吗？

波力克希尼斯 在家里，王兄，他是我唯一的消遣，唯一的安慰，唯一的关心；一会儿是我的结义之交，一会儿又是我的敌人；一会儿又是我的朝臣、我的兵士和我的官员。他使七月的白昼像十二月天一样短促，用种种孩子气的方法来解除我心中的郁闷。

里昂提斯 这位小爷爷对我也是这样。王兄，我们两人先去，你们多耽搁一会儿。赫米温妮，把你对我的爱情，好好地在招待我这位王兄的上头表示出来吧；西西里所有的一切贵重的东西，都不要嫌破费去备来。除了你自己和我这位小流氓之外，他便是我最贴心的人了。

赫米温妮 假如您需要我们，我们就在园里；我们就在那边等着您好吗？

冬天的故事

里昂提斯　随你们便吧，只要你们不飞到天上去，总可以找得到的。（旁白）我现在在垂钓，虽然你们没有看见我放下钓线去。好吧，好吧！瞧她那么把嘴向他送过去！简直像个妻子对她正式的丈夫那样无所顾忌！（波力克希尼斯、赫米温妮及侍从等下）已经去了！一顶绿头巾已经稳稳地戴上了！去玩去吧，孩子，玩去吧。你妈在玩着，我也在玩着；可是我扮的是这么一个丢脸的角色，准要给人喝倒彩嘘下了坟墓去的，轻蔑和讥笑便是我的葬钟。去玩去吧，孩子，玩去吧。要是我不曾弄错，那么乌龟这东西确是从来便有的；即使在现在，当我说这话的时候，一定就有许多人抱着他的妻子，却不知道她在他不在的时候早已给别人揩过油；他自己池子里的鱼，已经给他笑脸的邻居捞了去。我道不孤，聊堪自慰。假如有了不贞的妻子的男人全都怨起命来，世界上十分之一的人类都要上吊死了。补救的办法是一点没有的。正像有一个荒淫的星球，照临人世，到处惹是招非。你想，东南西北，无论哪处都抵挡不过肚子底下的作怪；魔鬼简直可以带了箱笼行李堂而皇之地进出呢。我们中间有千万个人都害着这毛病，但自己却不觉得。喂，孩子！

迈密勒斯　他们说我像您呢。

里昂提斯　嗯，这倒是我的一点点儿安慰。喂！卡密罗在不在？

卡密罗　有，陛下。

里昂提斯　去玩吧，迈密勒斯；你是个好人儿。（迈密勒斯下）卡密罗，这位大王爷还要住下去呢。

卡密罗　您好容易才把他留住的；方才抛下几次锚去，都没有成功。

里昂提斯　你也注意到了吗？

卡密罗　您几次请求他，他都不肯再留，反而把他自己的事情说得更为重要。

里昂提斯　你也看出来了吗？（*旁白*）他们已经在那边交头接耳地说西西里是这么这么了。事情已经发展到这地步，我应该老早就瞧出来的。——卡密罗，他怎么会留下来？

卡密罗　因为听从了贤德的王后的恳求。

里昂提斯　单说听从了王后的恳求就够了；贤德两个字却不大得当。表面是这样，其中却另有原故。除了你之外，还有什么明白人看出来了吗？你的眼睛是特别亮的，比普通木头脑壳的人更善于察颜观色；大概只有少数几个机灵人才注意到吧？低贱的人众也许对这种把戏毫无所知吧？你说。

卡密罗　什么把戏，陛下！我以为大家都知道波希米亚王要在这儿多住几天。

里昂提斯　嘿！

卡密罗　在这儿多住几天。

里昂提斯　嗯，可是什么道理呢？

卡密罗　因为不忍辜负陛下跟我们大贤大德的娘娘的美意。

里昂提斯　不忍辜负你娘娘的美意！这就够了。卡密罗，我不曾瞒过你一切我心底里的事情，向来我的私事都要跟你商量过；你常常像个教士一样洗净我胸中的污点，听过了你的话，我便像个悔罪的信徒一样得到了不少的教益。我以为你是个忠心的臣子，可是我看错了人了。

卡密罗　我希望不至于吧，陛下！

里昂提斯 我还要这样说，你是个不诚实的人；否则，要是你还有几分诚实，你便是个懦夫，不敢堂堂正正地尽你的本分；否则你是个为主人所倚重而辜恩怠职的仆人；或是一个傻瓜，看见一场赌局告终，大宗的赌注都已被人赢走，还以为只是一场玩笑。

卡密罗 陛下明鉴，微臣也许是疏忽、愚蠢而胆小；这些毛病是每个人免不了的，在世事的纷纭之中，常常不免要显露出来。在陛下的事情上我要是故意疏忽，那是因为我的愚蠢；要是我有心假作痴呆，那是因为我的疏忽，不曾顾虑到结果，要是有时我不敢去作一件我所抱着疑虑的事，可是后来毕竟证明了不作是不对的，那是连聪明人也常犯的胆怯：这些弱点，陛下，是正直人所不免的。可是我要请陛下明白告诉我我的错处，好让我有辩白的机会。

里昂提斯 难道你没有看见吗，卡密罗？——可是那不用说了，你一定已经看见，否则你的眼睛比乌龟壳还昏沉了；——难道你没有听见吗——像这种彰明昭著的事情，不会没有谣言兴起的——难道你也没有想到我的妻子是不贞的吗？——一个人除非没有脑子，总会思想的。要是你不能厚着脸皮说你不生眼睛不长耳朵没有头脑，你就该承认我的妻子是一匹给人骑着玩的木马；就像没有出嫁便去跟人睡觉的那种小户人家的女子一样淫贱。你老实说吧。

卡密罗 要是我听见别人这样诽谤我的娘娘，我一定要马上给他一些颜色看的。真的，您从来没有说过像这样不成体统的话；把那种话重说一遍，那罪恶就跟您所说的这种事一样大，如果那是真的话。

里昂提斯 难道那样悄声说话不算什么一回事吗？脸贴着脸，鼻子碰着鼻子，嘴唇咂着嘴唇，笑声里夹着一两声叹息，这些百无一失的失贞的表征，都不算什么一回事吗？脚踩着脚，躲在角落里，巴不得钟走得快些，一点钟一点钟变成一分钟一分钟，中午赶快变成深夜；巴不得众人的眼睛都出了毛病，不看见他们的恶事；这难道不算什么一回事吗？嘿，那么这世界和它所有的一切都不算什么一回事；笼罩宇宙的天空也不算什么一回事；波希米亚也不算什么一回事；我的妻子也不算什么一回事；这些算不得什么事的什么事根本就没有存在，要是这不算是什么一回事。

卡密罗 陛下，这种病态的思想，您赶快去掉吧；它是十分危险的。

里昂提斯 即使它是危险的，真总是真的。

卡密罗 不，不，不是真的，陛下。

里昂提斯 是真的；你说谎！你说谎！我说你说谎，卡密罗；我讨厌你。你是个大大的蠢货，没有脑了的奴才；否则便是个周旋于两可之间的骑墙分子，能够看明善恶，却不敢得罪哪一方。我的妻子的肝脏要是像她的生活那样腐烂，她不能再活到下一个钟头。

卡密罗 谁把她腐烂了？

里昂提斯 嘿，就是那个把她当作肖像一样挂在头颈上的波希米亚啦。要是我身边有生眼睛的忠心的臣子，不但只顾他们个人的利害，也顾到我的名誉，他们一定会干一些事来阻止以后有更坏的事情发生。你是他的行觞的侍臣，我把你从卑微的地位提拔起来，使你身居显要；你知道我的烦恼，

冬天的故事

就像天看见地、地看见天一样明白：你可以给我的仇人调好一杯酒，让他得到一个永久的安眠，那就使我大大地高兴了。

卡密罗 陛下，我可以干这事，而且不用急性的药物，只用一种慢性的，使他不觉得中了毒。可是我不能相信娘娘会这样败德，她是那样高贵的人。我已经尽忠于您——

里昂提斯 你要是还不相信，你就该死了！你以为我是这样傻，发痴似的会这么自寻烦恼，使我的被褥蒙上不洁，让荆棘榛刺和黄蜂之尾来捣乱我的睡眠，让人家怀疑我的儿子的血统，虽然我相信他是我的而疼爱着他；难道我会无中生有，而没有充分的理由吗？谁能这样丢自己的脸呢？

卡密罗 我必须相信您的话，陛下。我相信您，愿意就去谋害波希米亚。他一除去之后，请陛下看在小殿下的面上，仍旧跟娘娘和好如初，免得和我们有来往的列国朝廷里兴起谣诼来。

里昂提斯 你说得正合我心；我决不让她的名誉上沾染污点。

卡密罗 陛下，那么您就去吧；对于波希米亚和娘娘，您仍然要装出一副和气殷勤的容貌。我是他的行觞的侍臣；要是他喝了我的酒毫无异状，您就不用把我当作您的仆人。

里昂提斯 好，没有别的事了。你作了此事，我的一半的心便属于你的；倘不作此事，我要把你的心剖成两半。

卡密罗 我一定去作，陛下。

里昂提斯 我就听你的话，装出一副和气的样子。（下。）

卡密罗 唉，不幸的娘娘！可是我在什么一种处境中呢？我必须去毒死善良的波力克希尼斯，理由只是因为服从我的主人，他自己发了疯，硬要叫他手下的人也跟着他干发疯的事。我做了这件事，便有升官发财的希望。即使我能够在几千件谋害人君的前例中找得出后来会有好结果的人，我也不愿去做；既然碑版卷籍上从来不曾记载过这样一个例子，那么为了不干这种罪恶的事，我也顾不得尽忠了。我必须离开朝廷；做与不做，都是一样地为难。但愿我有好运气！——波希米亚来了。

　　　　　波力克希尼斯重上。

波力克希尼斯　这可奇了！我觉得这儿有点不大欢迎起我来。不说一句话吗？——早安，卡密罗！

卡密罗　给陛下请安！

波力克希尼斯　朝中有什么消息？

卡密罗　没有什么特别的消息，陛下。

波力克希尼斯　你们大王的脸上似乎失去了什么州省或是一块宝贵的土地一样；刚才我见了他，照常礼向他招呼，他却把眼睛转向别处，抹　抹瞧不起人的嘴唇，便急急地打我身边走去了，使我莫名其妙，不知道什么事情使他这样改变了态度。

卡密罗　我不敢知道，陛下。

波力克希尼斯　怎么！不敢知道！还是不知道？你知道了，可是不敢说出来吗？讲明白点吧，多半是这样的；因为就你自己而论，你所知道的，你一定知道，没有什么不敢知道的道理。好卡密罗，你变了脸色了；你的脸色正像是我的一面镜子，反映出我也变了脸色了；因为我知道我在这种变动当中一定也有份。

冬天的故事

卡密罗 有一种病使我们中间有些人很不舒服，可是我说不出是什么病来；而那种病是从仍然健全着的您的身上传染过去的。

波力克希尼斯 怎么！从我身上传染过去的？不要以为我的眼睛能够伤人；我曾经看觑过千万个人，他们因为得到我的注意而荣达起来，可是却不曾因此而伤了命。卡密罗，你是个正人君子，加之学问渊博，洞明世事，那是跟我们的高贵家世一样值得尊重的；要是你知道什么事是应该让我知道的，请不要故意瞒着我。

卡密罗 我不敢回答您。

波力克希尼斯 从我身上传染过去的病，而我却健康着！我非得明白这句话的意思不可，你听见吗，卡密罗？凭着人类的一切光荣的义务（其中也包括我当前对你的请求），告诉我你以为有什么祸事将要临到我身上；离我多远多近；要是可以避过的话，应当采取什么方法；要是避不了的话，应当怎样忍受。

卡密罗 陛下，我相信您是个高贵的人，您既然以义理责我，我不得不告诉您。听好我的主意吧；我只能很急促地对您说知，您也必须赶快依我的话做，否则您我两人都难幸免，要高喊"完了"！

波力克希尼斯 说吧，好卡密罗。

卡密罗 我是奉命来谋害您的。

波力克希尼斯 奉谁的命，卡密罗？

卡密罗 奉王上的命。

波力克希尼斯 为什么？

卡密罗 他以为——不，他十分确信地发誓说您已经跟他的娘娘发生暧昧，确凿得就好像是他亲眼看见或是曾经诱导您做那件恶事一样。

波力克希尼斯 啊，真有那样的事，那么让我的血化成溃烂的毒脓，我的名字跟那出卖救主的叛徒相提并论吧！让我的纯洁的名声发出恶臭来，嗅觉最不灵敏的人也会掩鼻而避之，比之耳朵所曾听到过书上所曾记载过的最厉害的恶疾更为人所深恶痛恨吧！

卡密罗 您即使指着天上每一颗星星发誓说他误会，那也无异于叫海水不要服从月亮，因为想用立誓或劝告来解除他那种痴愚的妄想是决不可能的；这种想头已经深植在他的心里，到死也不会更移的了。

波力克希尼斯 这是怎么发生的呢？

卡密罗 我不知道；可是我相信避免已经起来的祸患，比之追问它怎么发生要安全些。我可以把我的一身给您作担保，要是您信得过我，今夜就去吧！我可以去通知您的侍从，叫他们三三两两地从边门溜出城外。至于我自己呢，愿意从此为您效劳；为了这次的泄漏机密，在这里已经不能再立足了。不要踌躇！我用我父母的名誉为誓，我说的是真话；要是您一定要对证，那我可不敢出场，您的命运也将跟王上亲口定罪的人一样，难逃一死了。

波力克希尼斯 我相信你的话，我已经从他的脸上看出他的心思来。把你的手给我，做我的引路者；您将永远得到我的眷宠。我的船只已经备好；我的人民在两天之前就已经盼我回去。这场嫉妒是对一位珍贵的人儿而起的；她是个绝世

冬天的故事

的佳人，他又是个当代的雄主，因此这嫉妒一定很厉害；而且他以为使他蒙耻的是他的结义的好友，一定更使他急于复仇。恐怖包围着我；但愿我能够平安离去，但愿贤德的王后快乐！她也是这幕剧中的一个角色，可是他不曾对她有恶意的猜疑吧？来；卡密罗；要是你这回帮我脱离此地，我将把你当作父母看待。让我们逃吧。

卡密罗 京城的各道边门的钥匙都归我掌管；请陛下赶紧预备起来。来，陛下，走吧！（同下。）

第二幕

第一场　西西里。宫中一室

赫米温妮、迈密勒斯及宫女等上。

赫米温妮　把这孩子带去。他老缠着我，真讨厌死人了。

宫女甲　来，我的好殿下，我跟您玩好吗？

迈密勒斯　不，我不要你。

宫女甲　为什么呢，我的好殿下？

迈密勒斯　你吻我吻得那么重，讲起话来仍旧把我当作一个小孩子似的。（向宫女乙）我还是喜欢你一些。

宫女乙　为什么呢，殿下？

迈密勒斯　不是因为你的眉毛生得黑一些；虽然人家说有些人还是眉毛黑一些好看，只要不十分浓，用笔描成弯弯的样子。

宫女乙　谁告诉您这些的？

迈密勒斯　我从女人的脸上看出来的。（向宫女甲）现在我要问你，
　　　　你的眉毛是什么颜色？

宫女甲　青的，殿下。

迈密勒斯　哎，你在说笑话了；我看见过一位姑娘的鼻子发青，
　　　　可是青眉毛倒没有见过。

宫女乙　好好听着，您的妈妈肚子高起来了，我们不久便要服侍
　　　　一位漂亮的小王子；那时您只好跟我们玩了，但也要看我
　　　　们高兴不高兴。

宫女甲　她近来胖得厉害；愿她幸运！

赫米温妮　你们在讲些什么聪明话？来，哥儿，现在我又要你了。
　　　　请你陪我坐下来，讲一个故事给我听。

迈密勒斯　是快乐的故事呢，还是悲哀的故事？

赫米温妮　随你的意思讲个快乐点儿的吧。

迈密勒斯　冬天最好讲悲哀的故事。我有一个关于鬼怪和妖精的。

赫米温妮　讲给我们听吧，好哥儿。来，坐下来；讲吧，尽你的
　　　　本事用你那些鬼怪吓我，这是你的拿手好戏哩。

迈密勒斯　从前有一个人——

赫米温妮　不，坐下来讲；好，讲下去。

迈密勒斯　住在墓园的旁边。——我要悄悄地讲，不让那些蟋蟀
　　　　听见。

赫米温妮　那么好，靠近我的耳朵讲吧。

　　　　　　里昂提斯、安提哥纳斯、众臣及余人等上。

里昂提斯　看见他在那边吗？他的随从也在吗？卡密罗也和他在
　　　　一起吗？

臣甲　我在一簇松树后面碰见他们；我从来不曾见过人们这样匆

促地赶路；我一直望到他们上了船。

里昂提斯　我多么运气，判断得一点不错！唉，倒是糊涂些好！这种运气可是多么倒楣！酒杯里也许浸着一个蜘蛛，一个人喝了酒走了，却不曾中毒，因为他没有知道这回事；可是假如他看见了这个可怕的东西，知道他怎样喝过了这杯里的酒，他便要呕吐狼藉了。我便是喝过了酒而看见那蜘蛛的人。卡密罗是他的同党，给他居间拉拢；他们在阴谋着算计我的生命，篡夺我的王位，一切的猜疑都已证实；我所差遣的那个奸人，原来已给他预先买通了，被他知道了我的意思，使我空落得人家的笑骂。嘿，真有手段！那些边门怎么这样不费事地开了？

臣甲　这是他的权力所及的，就跟陛下的命令一样有力。

里昂提斯　我很知道。（向赫米温妮）把这孩子给我。幸亏你没有喂他吃奶；虽然他有些像我，可是他的身体里你的血分太多了。

赫米温妮　什么事？开玩笑吗？

里昂提斯　把这孩子带开；不准他走近她的身边；把他带走！（侍从等拥迈密勒斯下）让她跟自己肚子里的那个孽种玩吧；你的肚子是给波力克希尼斯弄大的。

赫米温妮　可是我要说他不曾，而且不管你怎么往坏处想，我发誓你会相信我的话。

里昂提斯　列位贤卿，你们瞧她，仔细瞧着她；你们嘴里刚要说，"她是一个美貌的女人，"你们心里的正义感就会接上去说，"可惜她不贞。"你们可以单单赞美她的外貌，我相信那确是值得赞美的；然后就耸了耸肩，鼻子里一声哼，嘴里一声嘿，这些小小的烙印都是诽谤所常用的——我说错了，我应当说都是慈悲所常用，因为诽谤是会把贞洁都烙伤了的。你们才说了她是美貌的，还来不及说她是贞洁的，这种耸肩、这种哼、这种嘿，就已经跟着来了。可是让我告诉你们，虽然承认这点使我比任何人都更感觉痛心——她是个淫妇。

赫米温妮　要是说这话的是个恶人，世界上最恶的恶人，那么，这样说也还会使他恶上加恶；您，陛下，可错了。

里昂提斯　你错了，我的娘娘，才会把波力克希尼斯当成了里昂提斯。唉，你这东西！像你这样身分的人，我真不愿这样称呼你，也许大家学着我的样子，粗野地不再顾到社会上阶级的区别，将要任意地把同样的言语向着不论什么人使用，把王子和乞丐等量齐观。我已经说她是个淫妇；我也说过她跟谁通奸；而且她是个叛逆。卡密罗是她的同党，她跟她那个万恶的主犯所干的无耻勾当他都知道；他知道她是个不贞的女人，像粗俗的人们用最难听的名称称呼着的那种货色一样不要脸。而且她也与闻他们这次的逃走。

赫米温妮　不，我以生命起誓，我什么都不知情。等到您明白过来，想一想您把我这样羞辱，那时您将要多么难过！我的好王爷，那时您就是承认您错了，也不能再洗刷掉我的委屈。

里昂提斯　不，要是我把这种判断的根据搞错了，那么除非地球小得不够给一个学童在上面抽陀螺。把她带去收了监！谁要是给她说句话儿，即使他和这回事情不相干，也要算他有罪。

赫米温妮 现在正是灾星当头，必须忍耐着等到天日清明的时候。各位大人，我不像我们一般女人那样善于哭泣；也许正因为我流不出无聊的泪水，你们会减少对我的怜悯；可是我心里蕴藏着正义的哀愁，那愤火的燃灼的力量是远胜于眼泪的泛滥的。我请求各位衡情酌理来审判我；好，让他们执行陛下的意旨吧！

里昂提斯 （向卫士）没有人听我说吗？

赫米温妮 谁愿意跟我去？请陛下准许我带走我的侍女，因为您明白我现在的情形，这是必要的。别哭，傻丫头们，用不着哭；等你们知道你们的娘娘罪有应得的时候，再用眼泪送我吧。我现在去受鞠的结果，一定会证明我的清白。再会，陛下！我一向希望着永远不要看见您伤心，可是现在我相信我将要看见您伤心了。姑娘们，来吧；你们已经得到了许可。

里昂提斯 去，照我的话办；去！（卫士押王后及宫女等下。）

臣甲 请陛下叫娘娘回来吧。

安提哥纳斯 陛下，您应该仔细考虑您做的事，免得您的聪明正直反而变成了暴虐。这一来有三位贵人都要遭逢不幸，您自己、娘娘和小殿下。

臣甲 陛下，只要您肯接受，我敢并且也愿意用我的生命担保王后是清白的，当着上天和您的面前——我的意思是说，在您所谴责她的这件事情上，她是无罪的。

安提哥纳斯 假如她果然有罪，我便要把我的妻子像狗马一样看守起来，一步都不放松，不放心让她一个人独自呆着。因为假如娘娘是不贞的，那么世间女人身上一寸一厘的肉都

冬天的故事

是不贞的了。

里昂提斯 闭住你们的嘴！

臣甲 陛下——

安提哥纳斯 我们说这些话为的都是您，不是我们自己。您上了人家的当了，那个造谣生事的人不会得到好死的；要是我知道这个坏东西是谁，他休想好好地活在世上！我有三个女孩子，大的十一岁，第二个九岁，小的才四五岁；要是王后果然靠不住，这种事果然是真的话，我愿意叫她们受过。我一定要在她们未满十四岁之前叫她们全变成石女，免得产下淫邪的后代来；她们都是嗣我家声的人，我宁愿阉了自己，也不愿让她们生下败坏门风的子孙。

里昂提斯 住嘴！别再说了！你们都是死人鼻子，冷冰冰地闻不出味来；我可是亲眼看见、亲身感觉到的，正像你们看见我这样用手指碰着你们而感觉到一样。

安提哥纳斯 真是这样的话，那么我们无须去掘什么坟墓来埋葬贞洁；因为世上根本不曾有什么贞洁存在，可以来装饰一下这整个粪污的地面。

里昂提斯 什么！我的话不足信吗？

臣甲 陛下，在这回事情上我宁愿您的话比我的话更不足信；不论您怎样责怪我，我宁愿王后是贞洁的，不愿您的猜疑得到证实。

里昂提斯 哼，我何必跟你们商量？我只要照我自己的意思行事好了。我自有权力，无须征询你们的意见，只是因为好意才对你们说知。假如你们的知觉那样麻木，或者故意假作痴呆，不能或是不愿相信这种真实的事实，那么你们应该知道我本来不需要征求你们的意见；这件事情怎样处置，利害得失，都是我自己的事。

安提哥纳斯　陛下，我也希望您当初只在冷静的推考里把它判断，而没有声张出来。

里昂提斯　那怎么能够呢？倘不是你老悖了，定然你是个天生的蠢材。他们那种狎昵的情形是不难想见的；除了不曾亲眼看见之外，一切都可以证明此事的不虚；再加上卡密罗的逃走，使我不得不采取这种手段。可是这等重大的事情，最忌卤莽从事，为了进一步确定这事，我已经派急使到得尔福圣地的阿波罗神庙里去；我所差去的是克里奥米尼斯和狄温两人，你们知道他们都是十分可靠的。他们带来的神谕会告知我们一切，会鼓励我或阻止我这样行事。我这办法好不好？

臣甲　很好，陛下。

里昂提斯　我虽然十分确信不必再要知道什么，可是那神谕会使那些不肯接受真理的愚蠢的轻信者无法反对。我认为应当把她关禁起来，以防那两个逃去的人定下的阴谋由她来执行。跟我来吧；我们要当众宣布此事；这事情已经闹大了。

安提哥纳斯　（旁白）照我看来，等到真相大白之后，不过闹下一场笑话而已。（众下。）

第二场　同前。狱中外室

宝丽娜及侍从等上。

冬天的故事

宝丽娜 通报一声狱吏，告诉他我是谁。（一侍从下）好娘娘，你是配住欧洲最好的王宫的；狱中的生活你怎么过呢？

　　　　　　侍从偕狱吏重上。

宝丽娜 长官，你知道我是谁，是不是？

狱吏 我知道您是一位我所钦仰的尊贵的夫人。

宝丽娜 那么请你带我去见一见王后。

狱吏 我不能，夫人；有命令禁止接见。

宝丽娜 这可难了！一个正直的好人，连好意的访问者都不能相见！请问见见她的侍女可不可以呢？随便哪一个？爱米利娅？

狱吏 夫人，请您遣开您这些从人，我就可以带爱米利娅出来。

宝丽娜 请你就去叫她来吧。你们都走开。（侍从等下。）

狱吏 而且，夫人，我必须在场听你们的谈话。

宝丽娜 好，就这么吧，谢谢你。（狱吏下）明明是清白的，偏要说一团漆黑，还这么大惊小怪！

　　　　　　狱吏偕爱米利娅重上。

宝丽娜 好姑娘，我们那位贤德的娘娘好吗？

爱米利娅 她总算尽了一个那样高贵而无助的人儿所能尽的力量支持过来了。她所遭受的惊恐和悲哀，是无论哪位娇弱的贵夫人都受不了的；在这种惊忧交迫之下，她已经不足月而早产了。

宝丽娜 一个男孩吗？

爱米利娅 一个女孩子，很好看的小孩，很健壮，大概可以活下去。她给娘娘不少的安慰，她说，"我的可怜的小囚徒，我是跟你一样无辜的！"

宝丽娜　　那是一定的。王上那种危险的胡作胡为真是该死！必须要叫他明白才是，他一定要明白他犯的错误；这种工作还是一个女人来担任好一些，我去对他说明。要是我果然能够说得婉转动听，那么让我的舌头说得起泡，再不用来宣泄我的愤火了。爱米利娅，请你给我向娘娘多多致意；要是她敢把她的小孩信托给我，我愿把它拿去给王上看，替她竭力说情。我们不知道他见了这孩子会多么心软起来；无言的纯洁的天真，往往比说话更能打动人心。

爱米利娅　　好夫人，照您那样正直和仁心，您这种见义勇为的行动是不会得不到美满的结果的；除了您之外，再没有第二个人可以担任这件重大的差使了。请您到隔壁坐一会儿，我就去把您的尊意禀知娘娘；她今天正也想到这个计策，可是惟恐遭到拒绝，不敢向一个可以信托的人出口。

宝丽娜　　对她说，爱米利娅，我愿意竭力运用我的口才；要是我有一片生花的妙舌，如同我有一颗毅勇的赤心一样，那么我一定会成功的。

爱米利娅　　上帝保佑您！我就对娘娘说去。请您过来。

狱吏　　夫人，要是娘娘愿意把孩子交给您，我让您把它抱了出去，上头没有命令可不大方便。

宝丽娜　　你不用担心，长官。这孩子是娘胎里的囚人，一出了娘胎，按照法律和天理，便是一个自由的解放了的人；王上的愤怒和她无关，娘娘要是果真有罪，那错处也牵连不到小孩的身上。

狱吏　　我相信您的话。

宝丽娜　　不用担心；要是有什么危险，我可以为你负责。（同下。）

冬天的故事

第三场　同前。宫中一室

里昂提斯、安提哥纳斯、众臣及其他侍从等上。

里昂提斯　黑夜白天都得不到安息；照这样把这种情形忍受下去，不过是懦弱而已，全然的懦弱。要是把扰乱我安宁的原因除去——或者说，一部分原因，也就是那淫妇；因为我的手臂伸不到那个淫君的身上，我对他无计可施；可是她却在我手掌之中；要是她死了，用火把她烧了，那么我也许可以恢复我一部分的安静。来人！

侍从甲　（趋前）陛下？

里昂提斯　孩子怎样？

侍从甲　他昨夜睡得很好；希望他的病就可以好转。

里昂提斯　瞧他那高贵的天性！知道了他母亲的败德，便立刻心绪消沉，受到了无限的感触，把那种羞辱牢牢地加在自己身上。颓唐了他的精神，消失了他的胃口，扰乱了他的睡眠，很快地憔悴下来了。让我一个人在这儿。去瞧瞧他看。（侍从甲下）嘿，嘿！别想到他了。这样子考虑复仇只能对我自己不利。那人太有势力，帮手又多，我暂时把他放过；先把她处罚了再说。卡密罗和波力克希尼斯瞧着我的伤心而得意；要是我的力量能够达到他们，他们可不能再笑了；可是她却在我的权力之中，看她能不能笑我。

宝丽娜抱小儿上。

臣甲　你不能进去。

宝丽娜　不，列位大人，帮帮我忙吧。唉，难道你们担心他的无道的暴怒，更甚于王后的性命吗？她是一个贤德的纯洁的人儿，比起他的嫉妒来她要无辜得多了。

安提哥纳斯　够了。

侍从乙　夫人，他昨夜不曾安睡，吩咐谁都不能见他。

宝丽娜　您别这么凶呀；我正是来使他安睡的。都是你们这种人，像影子一样在他旁边轻手轻脚地走来走去，偶然听见他的一声叹息就大惊小怪地发起急来；都是你们这种人累得他不能安睡。我一片诚心带来几句忠言给他，它们都是医治他失眠的灵药。

里昂提斯　喂，谁在吵闹？

宝丽娜　不是吵闹，陛下；是来跟您商量请谁行洗礼。

里昂提斯　怎么！把那个无礼的妇人撵走！安提哥纳斯，我不是命令过你不准她走近我身边吗？我知道她要来的。

安提哥纳斯　我对她说过了，陛下；我告诉她不准前来看您，免得招惹您也招惹我不高兴。

里昂提斯　什么！你管不了她吗？

宝丽娜　我要是做错了事，他可以管得了我；可是这一番除非他也学您的样子，因为我做了正事反而把我关起来；不然，相信我吧，他是管不了我的。

安提哥纳斯　您瞧！您听见她说的话。她要是自己做起主来，我只好由她；可是她是不会犯错误的。

宝丽娜　陛下，我的确来了；请您听我说，我自认我是您的忠心的仆人，您的医生和您的最恭顺的臣子；可是您要是做了错事，我却不敢像那些貌作恭顺的人们一样随声附和。我说，我是从您的好王后那儿来的。

里昂提斯　好王后！

宝丽娜 好王后，陛下，好王后；我说是好王后，假如我是男人，那么即使我毫无武艺，也愿意跟人决斗证明她是个好王后。

里昂提斯 把她赶出去！

宝丽娜 谁要是向我动一动手，那就叫他留心着自己的眼珠吧。我要走的时候自己会走，可是必须先把我的事情办好。您的好王后，她真是一位好王后，已经给您添下一位公主了；这便是，希望您给她祝福。（将小儿放下。）

里昂提斯 出去！大胆的妖妇！把她撵出去！不要脸的老鸨！

宝丽娜 我不是；我不懂你加给我这种称呼的意思。你自己才是昏了头了；我是个正直的女人，正像你是个疯子一样；我敢说和你的疯狂同等程度的正直，在这个世界上应该算过得去的。

里昂提斯 你们这些奸贼！你们不肯把她推出去吗？把那野种给她抱出去。（向安提哥纳斯）你这不中用的汉子！你是个怕老婆的，那个母夜叉把你吓倒了吗？把那野种捡起来；对你说，把她捡起来；还给你那头老母羊去。

宝丽娜 要是你服从了他的暴力的乱命，把这孩子拿起来，你的手便永远是不洁的了！

里昂提斯 他怕他的妻子！

宝丽娜 我希望你也怕你的妻子，那么你一定会把你的孩子认为是亲生的了。

里昂提斯 都是一群奸党！

安提哥纳斯 天日在上，我不是奸党。

宝丽娜 我也不是；谁都不是；只有这里的一个人才是，那就是他自己。因为他用比刀剑还厉害的谰言来中伤他自己的、他的王后的、他的有前途的儿子的和他的婴孩的神圣的荣名；可恨的是没有人能够强迫他除去他那种龌龊不堪的猜疑。

里昂提斯　这个长舌的泼妇，刚打过她丈夫，现在却来向我寻事了！这小畜生不是我的；她是波力克希尼斯的孩子；把她拿出去跟那母狗一起烧死了吧！

宝丽娜　她是你的；正像古话所说，"她这么像你，才真倒霉！"瞧，列位大人，虽然是副缩小的版子，那父亲的全副相貌，都抄了下来了；那眼睛、鼻子、嘴唇、皱眉头的神气、那额角，以至于颊上的可爱的酒涡儿，那笑容、手哪、指甲哪、手指哪，都是一副模型里造出来的。慈悲的天神哪！你把她造得这么像她的生身的父亲，如果你使她的性情也像她的父亲，但愿你不要让她也有一颗嫉妒的心；否则也许她也要像他一样疑心她的孩子不是她丈夫的儿子呢。

里昂提斯　好一个蠢俗的妖婆！你这不中用的汉子，你不能叫她闭嘴，你也是该死的。

安提哥纳斯　要是把在这件工作上无能为力的丈夫们都吊死了，那么您恐怕连一个臣子也没有了。

里昂提斯　我再吩咐一次，把她撵出去！

宝丽娜　最无道的忍心害理的昏君也不能做出比你更恶的事来。

里昂提斯　我要把你烧死。

宝丽娜　我不怕；生起火来的人才是个异教徒，而不是被烧死的人。我不愿把你叫做暴君；可是你对于你的王后这种残酷的凌辱，只凭着自己的一点毫无根据的想像就随便加以诬蔑，不能不说有一点暴君的味道；它会叫你丢脸，给全世界所耻笑的。

里昂提斯　你们要是还有一点忠心的话，快给我把她带出去吧！假如我是个暴君，她还活得了吗？她要是真知道我是个暴君，决不敢这样叫我的。把她带出去！

宝丽娜　请你们不用推我，我自己会走的。陛下，好好照顾您的孩子吧；她是您的。愿上帝给她一个更好的守护神！你们用手揪住我做什么？你们眼看他做着傻事而不敢有什么举动，全都是些没有用处的饭桶！好，好；再见！我们走了。（下。）

里昂提斯　你这奸贼，都是你撺掇你的妻子做出这种把戏来的。我的孩子！把她拿出去！我就吩咐你，你这软心肠的人，去把她立刻烧死了；我不要别人，只要你去。快把她抱起来；在这点钟之内就来回报，而且一定要拿出证据来，否则你的命和你的财产都要保不住。要是你违抗我的命令，胆敢触怒我的话，那么你说吧；我要用我自己的手亲自摔出这个野种的脑浆来。去，把她丢到火里，因为你的妻子是受了你的怂恿才来的。

安提哥纳斯　不是受了我的怂恿，陛下；这儿的各位大人都可以给我辩白，要是他们愿意。

臣甲　我们可以给他证明，陛下，他的妻子来此和他并不相干。

里昂提斯　你们都是说谎的骗子。

臣甲　请陛下相信我们。我们一直都是忠心耿耿地侍候着您的，请您不要以为我们会对您不忠。我们跪下来向您请求，看在我们过去和将来的忠诚的分上，收回了这个旨意，它是这样残酷而可怕，将会有不幸的结果发生。我们都在这儿下跪了。

里昂提斯　我是一片羽毛，什么风都可以把我吹动。难道我要活着看见这个野种跪在我膝前，叫我作父亲吗？与其将来恨她，还是现在就烧死了的好。可是好吧，就饶了她的命吧；她总不会活下去的。（向安提哥纳斯）你过来。你曾经那么好心地跟你那位虔婆出力保全这野种的生命——她是个野种，正像你的胡须是灰色的一样毫无疑问——现在你打算怎样搭救这小东西呢？

安提哥纳斯　陛下，只要是我的力量所能胜任的合乎正义的事，就便愿意去做。我愿意用我仅余的一滴血救助无罪的人，只要不是不可能的事。

里昂提斯　我要叫你做的事并不是不可能的。凭着这柄宝剑，你发誓你愿意执行我的命令。

安提哥纳斯　我愿意，陛下。

里昂提斯　那么你小心执行着吧；要是有一点点儿违反我的话，不但你不能活命，就是你那出言无礼的妻子也难逃一死，现在我姑且宽恕了她。你既然是我的臣仆，我命令你把这野女孩子抱出去，到我们国境之外远远的荒野上丢下，不要怜悯她，让她风吹日晒，自求生路，死也好活也好。她既然来得突然，我们也就叫她去得突然，你赶快把她送到一块陌生的地方去，悉听运命把她怎样支配；倘不依话办去，你的灵魂就要因破誓而受罪，你的身体也要因违命而被罚。把她抱起来！

安提哥纳斯　我已经发过誓，只好去做，虽然我宁愿立刻受死刑的处分。来，可怜的孩子；但愿法力高强的精灵驱使鸢隼乌鸦来乳哺着你！据说豺狼和熊都曾经脱去了它们的野性，做过这一类慈悲的好事。陛下，您虽然做了这等事，仍旧愿您幸福吧！可怜的东西，命定要给丢弃的，愿上天祝福你，帮助你抵御这种残酷的运命！（抱儿下。）

里昂提斯 不，我可不能把别人的孩子养大起来。

　　　　　一仆人上。

仆人 启禀陛下，奉旨前去叩求神谕的使者已经在一小时前到了；克里奥米尼斯和狄温已经去过得尔福，赶程回国，现在都已登陆了。

臣甲 陛下，他们这一趟走得出乎意外地快。

里昂提斯 他们去了二十三天；的确很快；可见得伟大的阿波罗要这事的真相早早明白。各位贤卿，请你们预备起来，召集一次廷议，好让我正式对我这个不贞的女人提出控诉；她既然已经公开被控，就该给她一个公正的公开的审判。她活着一天，我总不能安心。去吧，把我的命令考虑一下执行起来。（众下。）

第三幕

第一场　西西里海口

克里奥米尼斯及狄温上。

克里奥米尼斯　气候宜人，空气爽朗极了，岛上的土壤那样膏腴，庙堂的庄严远超过一切的赞美。

狄温　给我印象最深的是那种神圣的法服和穿着法服的庄严的教士那种虔敬的神情。啊，那种祭礼！在献祭的时候，那礼节是多么隆重、严肃而神圣！

克里奥米尼斯　可是最奇怪的是那神谕的宣示和那种震耳欲聋的声音，正像天神的霹雳一样，把我吓呆了。

狄温　我们这次的旅程是那么难得，那么可喜，又那么快捷；要是它的结果能够证明王后的无罪——但愿如此！——那么总算不虚此行了。

克里奥米尼斯 伟大的阿波罗把一切事情都转到最好的方面！这些无故诬蔑赫米温妮的诏令真叫我难过。

狄温 这回残酷的审判会分别出一个明白来的。等阿波罗的神圣的祭司所密封着的神谕宣示出来之后，一定会有出人意表的事向众人宣布。去，换马！希望诸事大吉！（同下）

第二场　西西里。法庭

里昂提斯、众臣及庭吏等上。

里昂提斯 这次开庭是十分不幸而使我痛心的；我们所要审判的一造是王家之女，我的素来受到深恩殊宠的御妻。我们这次要尽力避免暴虐，因为我们已经按照法律的程序公开进行，有罪无罪，总可以见个分晓。带犯人上来。

庭吏 有旨请王后出庭。肃静！

卫士押赫米温妮上，宝丽娜及宫女等随上。

里昂提斯 宣读起诉书。

庭吏 （读）"西西里贤王里昂提斯之后赫米温妮其敬听！尔与波希米亚王波力克希尼斯通奸，复与卡密罗同谋弑主；迨该项阴谋事泄，复背忠君之义，暗助奸慝，夤夜逃生：揆诸国法，良不可恕。我等今控尔以大逆不道之罪。"

赫米温妮 我所要说的话，不用说要跟控诉我的话相反，而能够给我证明的，又只有我自己，因此即使辩白无罪，也没有多大用处；我的真诚已经被当作虚伪，那么即使说真话也不能使你们相信。可是假如天上的神明临视着人们的行事，我相信无罪的纯洁一定可以使伪妄的诬蔑惭愧，暴虐将会对含忍战栗。陛下，我过去的生活是怎样贞洁而忠诚，您是十分明白的，虽然您不愿意去想它；我现在的不幸是史无前例的。我以一个后妃的身分，叨陪着至尊的宝座，一个伟大的国王的女儿，又是一个富有前途的王子的母亲，现在却成为阶下之囚，絮絮地讲着生命和名誉，来请求你们垂听。当我估量到生命中所有的忧愁的时候，我就觉得生命是不值得留恋的；可是名誉是我所要传给我的后人的，它是我唯一关心的事物。陛下，我请你自问良心，当波力克希尼斯没有来此之前，你曾经怎样眷宠着我，那种眷宠是不是得当；他来了之后，我曾经跟他有过什么礼法所不许的约会，以致于失去了你的欢心，而到了今天这等地步。无论在我的行动上或是意志上，要是有一点儿越礼的地方，那么你们听见我说话的各位，尽可以不必对我加以宽恕，我的最亲近的人也可以在我的坟墓上羞骂我。

里昂提斯　我一向就听说：人假使做了无耻的事，总免不了还要用加倍的无耻来抵赖。

赫米温妮　陛下，您的话说得不错；可是那不能应用在我的身上。

里昂提斯　那是由于你不肯承认。

赫米温妮　我所没有份儿的事，别人用诬蔑的手段加之于我的，我当然不能承认。你说我跟波力克希尼斯有不端的情事，我承认我是按照着他应得的礼遇，用合于我的身分的那种情谊来敬爱他；那种敬爱正是你所命令了我的。要是我个对他表示殷勤，我以为那不但是违反了你的旨意，同时对于你那位在孩提时便那样要好的朋友也未免有失敬意。至于阴谋犯上的事，即使人家预先布置好了叫我尝试一下，我也不会知道那是什么味道。我唯一知道的，卡密罗是一个正直的好人；为什么他要离开你的宫廷，那是即使天神也像我一样全然不知道的。

里昂提斯　你知道他的出走，也知道你在他们去后要干些什么事。

赫米温妮　陛下，您说的话我不懂；我现在只能献出我的生命，给您异想天开的噩梦充当牺牲。

里昂提斯　我的梦完全是你的所作所为！你跟波力克希尼斯生了一个野种，那也是我的梦吗？你跟你那一党都是些无耻的东西，完全靠不住，愈是抵赖愈显得情真罪确。你那个小东西没有父亲来认领，已经把她丢掉了，她本没有什么罪，罪恶是在你的身上，现在你该受到正义的制裁，最慈悲的判决也不能低于死罪。

赫米温妮　陛下，请不用吓我吧；你所用来使我害怕的鬼物，正是我求之不得的。对于我，生命并不是什么可贵的东西。我的生命中的幸福的极致，你的眷宠，已经无可挽回了；因为我觉得它离我而去，但是不知道它是怎样去的。我的第二个心爱的人，又是我第一次结下的果子，已经被隔离了，不准和我见面，似乎我是一个身染恶疾的人一样。我的第三个安慰出世便逢厄运，无辜的乳汁还含在她那无辜的嘴里，便被人从我的胸前夺了去活活害死。我自己呢，被公开宣布是一个娼妇；无论哪种身分的妇女都享受得到的产褥上的特权，也因为暴力的憎恨而拒绝了我；这还不够，现在我身上没有一点力气，还要把我驱到这里来，受风日的侵凌。请问陛下，我活着有什么幸福，为什么我要

122

怕死呢？请你就动手吧。可是听着：不要误会我，我不要生命，它在我的眼中不值一根稻草；但我要把我的名誉洗刷。假如你根据了无稽的猜测把我定罪，一切证据都可以不问，只凭着你的妒心做主，那么我告诉你这不是法律，这是暴虐。列位大人，我把自己信托给阿波罗的神谕，愿他做我的法官！

臣甲 你这请求是全然合理的。凭着阿波罗的名义，去把他的神谕取来。（若干庭吏下。）

赫米温妮 俄罗斯的皇帝是我的父亲；唉！要是他活着在这儿看见他的女儿受审判；要是他看见我这样极度的不幸，但不是用复仇的眼光，而是用怜悯的心情！

　　　　　　庭吏偕克里奥米尼斯及狄温重上。

庭吏 克里奥米尼斯和狄温，你们愿意按着这柄公道之剑宣誓说你们确曾到了得尔福，从阿波罗大神的祭司手中带来了这通密封的神谕；你们也不曾敢去拆开神圣的钤记，私自读过其中的秘密吗？

克里奥米尼斯、狄温 这一切我们都可以宣誓。

里昂提斯 开封宣读。

庭吏 （读）"赫米温妮洁白无辜；波力克希尼斯德行无缺；卡密罗忠诚不贰；里昂提斯者多疑之暴君；无罪之婴孩乃其亲生；倘已失者不能重得，王将绝嗣。"

众臣 赞美阿波罗大神！

赫米温妮 感谢神明！

里昂提斯 你没有念错吗？

庭吏 没有念错，陛下；正是照着上面写着的念的。

里昂提斯 这神谕全然不足凭信。审判继续进行。这是假造的。

　　　　　一仆人上。

仆人 吾王陛下，陛下！

里昂提斯 什么事？

仆人 啊，陛下！我真不愿意向您报告，小殿下因为担心着娘娘的命运，已经去了！

里昂提斯 怎么！去了！

仆人 死了。

里昂提斯 阿波罗发怒了；诸天的群神都在谴责我的暴虐。（赫米温妮晕去）怎么啦？

宝丽娜 娘娘受不了这消息；瞧她已经死过去了。

里昂提斯 把她扶出去。她不过因为心中受了太多的刺激；就会醒过来的。我太轻信我自己的猜疑了。请你们好生在意把她救活过来。（宝丽娜及宫女等扶赫米温妮下）阿波罗，恕我大大地亵渎了你的神谕！我愿意跟波力克希尼斯复和，向我的王后求恕，召回善良的卡密罗，他是一个忠诚而慈善的好人。我因为嫉妒而失了常态，一心想着流血和复仇，才选中了卡密罗，命他去毒死我的朋友波力克希尼斯；虽然我用死罪来威吓他，用重赏来鼓励他，可是卡密罗的好心肠终于耽误了我的急如烈火的命令，否则这件事早已做出来了。他是那么仁慈而心地高尚，便向我的贵宾告知了我的毒计，牺牲了他在这里的不小的家私，甘冒着一切的危险，把名誉当作唯一的财产。他因为我的锈腐而发出了多少的光明！他的仁慈格外显得我的行为是多么卑鄙。

　　　　宝丽娜重上。

宝丽娜 不好了！唉，快把我的衣带解开，否则我的心要连着它一起爆碎了！

臣甲 这是怎么一回事，好夫人？

宝丽娜 昏君，你有什么酷刑给我预备着？碾人的车轮？脱肢的拷架？火烧？剥皮？炮烙还是油煎？我的每一句话都是触犯着你的，你有什么旧式的、新式的刑具可以叫我尝试？你的暴虐无道，再加上你的嫉妒，比孩子们还幼稚的想像，九岁的女孩也不会转这种孩子气的无聊的念头；唉！要是你想一想你已经做了些什么事，你一定要发疯了，全然发疯了；因为你以前的一切愚蠢，不过是小试其端而已。你谋害波力克希尼斯，那不算什么；那不过表明你是个心性反复、忘情背义的傻子。你叫卡密罗弑害一个君王，使他永远蒙着一个污名，那也不算什么；还有比这些更重大的罪恶哩。你把你的女儿抛给牛羊践踏，不是死就是活着做一个卑微的人。纵然是魔鬼，在干这种事之前，他的发火的眼睛里也会迸出眼泪来的。我也不把小王子的死直接归罪于你；他虽然那么年轻，他的心地却是过人地高贵，看见他那粗暴痴愚的父亲把他贤德的母亲那样侮辱，他的心便碎了。不，这也不是我所要责怪你的；可是最后的一件事——各位大人哪！等我说了出来，大家恸哭起来吧！——王后，王后，最温柔的、最可爱的人儿已经死了，可是还没有报应降到害死她的人的身上！

臣甲 有这等事！

宝丽娜 我说她已经死了；我可以发誓；要是我的话和我的誓都不能使你们相信，那么你们自己去看吧。要是你们能够叫她的嘴唇泛出血色来，叫她的眼睛露出光芒来，叫她的身上发出温热，叫她的喉头透出呼吸，那么我愿意把你们当作天神样叩头膜拜。可是你这暴君啊！这些事情你也不用后悔了，因为它们沉重得不是你一切的悲哀所能更改的；绝望是你唯一的结局。叫一千个膝盖在荒山上整整跪了一万个年头，裸着身体，断绝饮食，永远熬受冬天的暴风雪的吹打，也不能感动天上的神明把你宽恕。

里昂提斯　说下去吧，说下去吧。你怎么说都不会太过分的；我该受一切人的最恶毒的责骂。

臣甲　别说下去了；无论如何，您这样出言无忌总是不对的。

宝丽娜　我很抱歉；我一明白我所犯的过失，便会后悔。唉！我凭着我的女人家的脾气，太过于放言无忌了；他的高贵的心里已经深受刺伤。已经过去而无能为力的事，悲伤也是没有用的。不要因为我的话而难过；请您还是处我以应得之罪吧，因为我不该把您应该忘记的事向您提醒。我的好王爷，陛下，原谅一个傻女人吧！因为我对于娘娘的敬爱。——瞧，又要说傻话了！我不再提起她，也不再提起您的孩子们了；我也不愿向您提起我的拙夫，他也已经失了踪；请您安心忍耐，我不再多话了。

里昂提斯　你说的话都很对；我能够听取这一切真话，你可以不必怜悯我。请你同我去看一看我的王后和儿子的尸体；两人应当合葬在一个坟里，墓碑上要刻着他们死去的原因，永远留着我的湔不去的耻辱。我要每天一次访谒他们埋骨的教堂，用眼泪挥洒在那边，这样消度我的时间；我要发誓每天如此，直到死去。带我去向他们挥泪吧。（同下。）

第三场　波希米亚。沿岸荒乡

安提哥纳斯抱小儿及一水手上。

安提哥纳斯　那么你真的相信我们的船靠岸的地方就是波希米亚的荒野吗？

水手　是的，老爷；我在担心着我们上岸上得不凑巧，天色很昏暗，怕就要刮大风了。照我看来，天似乎在发怒，对我们当前作的这桩事有点儿不高兴。

安提哥纳斯　愿上天的旨意完成！你上船去，照顾好你的船；我等会儿就来。

水手　请您赶紧点儿，别走得太远了；天气多半要变，而且这儿是有名出野兽的地方。

安提哥纳斯　你去吧；我马上就来。

水手　我巴不得早早脱身。（下。）

安提哥纳斯　来，可怜的孩子。我听人家说死人的灵魂会出现，可是却不敢相信；要是真有那回事，那么昨晚一定是你的母亲向我出现了，梦境从来没有那样清楚的。我看见一个人向我走来，她的头有时侧在这一边，有时侧在那一边；我从来不曾见过一个满面愁容的人有这样庄严的妙相。她穿着一身洁白的袍服，像个神圣似的走到了我的船舱中，向我鞠躬三次，非常吃力地想说几句话；她的眼睛像一对喷泉。她痛哭一阵之后，便说了这几句话："善良的安提哥纳斯，命运和你的良心作对，使你成为抛弃我的可怜的孩子的人；按照你所发的誓，你要把她丢在一个辽远的地方，波希米亚正是那地方，到那边去，让她自个儿哭泣吧。

冬天的故事

因为那孩子已经被认为永远遗失的了，我请你给她取名为潘狄塔。你奉了我丈夫的命令作了这件残酷的事，你将永远再见不到你的妻子宝丽娜了。"这样说了之后，便尖叫几声，消失不见了。我吓得不得了，立刻定了定心，觉得这是实在的事，不是睡着做梦。梦是不足凭信的；可是这一次我必须小心翼翼地依从着嘱咐。我相信赫米温妮已经给处死了，这确实是波力克希尼斯的孩子，因此阿波罗要我把她放在这里，无论死活，总是回到了她的亲生父亲的国土上。小宝贝，愿你平安！（将小儿放下）躺着吧；这儿放着你的一张字条；这些东西，（放下一个包裹）要是你运气好的话，小宝贝，可以供给你安身立命。风雨起来了。可怜的东西！为了你母亲的错处，被弃在荒郊，不知道要落得怎样一场结果！我不能哭泣，可是我的心头的热血在流；为了立过誓，不得不干这种事，我真是倒霉！别了！天色越变越坏，你多半要听到一阕太粗暴的催眠歌。我从不曾见过白昼的天色会这么阴暗。哪里来的怕人的喧声！但愿我平安上了船！一头野兽给人赶到这儿来了；我这回准活不成！（被大熊追下。）

牧人上。

牧人 我希望十六岁和二十三岁之间并没有别的年龄，否则这整段时间里就让青春在睡梦中度了过去吧；因为在这中间所发生的事，不过是叫姑娘们养起孩子来，对长辈任意侮辱，偷东西，打架。你听！除了十六岁和二十三岁之间的那种火辣辣的年轻人，谁还会在这种天气出来打猎？他们已经吓走了我的两头顶好的羊；我担心在它们的东家没有找到它们之前，狼已经先把它们找到了。它们多半是在海边啃着常春藤。好运气保佑着我吧！咦，这儿是什么？（抱起小儿）嗳呀，一个孩子，一个怪体面的孩子！不知道是个男的还是个女的？好一个孩子；真是一个可爱的孩子。一定是什么私情事儿；虽然我读过的书不多，可是我也还读过那些大户人家的侍女怎样跟人结识私情的笑话儿：梯子放好，箱笼收拾好，两口子打后门一溜；爷娘睡在暖暖的被窝里好快活，可怜的孩子却丢在这儿受冻。我要行个好事把它抱起来；可是我还是等我的儿子来了再说吧。他已经在叫我了。喂！喂！

　　　　小丑上。

小丑 喂！

牧人 咦，你就在这儿吗？要是你想见一件到你身死骨头烂的时候还要向人讲起的东西，那么你过来吧。嗷，孩子，你为什么难过？

小丑 我在海上和岸上见到了两件惨事！可是我不能说海上，因为现在究竟哪块是天，哪块是海，已经全然分别不出来了。

牧人 什么，孩子，什么事？

小丑 我希望你也看见那风浪怎样生气，怎样发怒，怎样冲上了海岸！可是那是些不相干的闲话。唉！那些苦人儿的凄惨的呼声！有时候望得见他们，有时候望不见他们；一会儿船上的大桅顶着月亮，顷刻间就在泡沫里卷沉下去了，正像你把一块软木塞丢在一个大桶里一样。然后又有岸上发生的那回事情。瞧那头熊怎样撕下了他的肩胛骨，他怎样向我喊救命，说他的名字叫安提哥纳斯，是一个贵人。可是我们先把那只船的事情讲完了；瞧海水怎样把它一口吞下；可是我们先说那些苦人儿怎样喊着喊着，海水又怎样把他们取笑；那位可怜的老爷怎样喊着喊着，那头熊又怎样把他取笑；他们喊叫的声音，都比海涛和风声更响。

牧人　嗳呀！这是什么时候发生的，孩子？

小丑　现在，现在；我看见这种情形之后还不曾霎一霎眼呢。水底下的人还没有完全冷掉；那头熊还不曾吃掉那位老爷的一半，它现在还在吃呢。

牧人　要是给我看见了的话，我一定会搭救那个人的。

小丑　我倒希望你在船边，搭救那船；你的好心一定站立不稳。

牧人　真惨！真惨！你瞧这儿，孩子。给你自己祝福吧！你看见人死，我却看见刚生下来的东西。这看着才够味儿呢！你瞧，褓衣里裹着一位大户人家的孩子！瞧这儿；拿起来，拿起来，孩子；解开来。让我们看。人家对我说神仙会保佑我发财；这一定是神仙丢下来的孩儿。解开来，里面有些什么，孩子？

小丑　你已经是一个发财的老头子了；要是老天爷不计较你年轻时的罪恶，你可以享福了！金子！完全是金子！

牧人　这是仙人的金子，孩子，没有问题的；拿着藏好了。拣近路回家去，回家去！我们很运气，孩子；倘使要保持这运气，我们必须严守秘密。我的羊就让它去吧。来，好孩子，拣近路回家去。

小丑　你拿着你发现的东西拣近路回去吧。我先去瞧瞧那熊有没有离开那位老爷，它究竟吃得怎样了；这种畜生只在肚子饿的时候才会发坏脾气。假如他还有一点骨肉剩下，我便把他埋了。

牧人　那是件好事。要是你能够从他留下来的什么东西上看出来他是个什么样人，就来叫我，让我看看。

小丑　好的；你可以帮我把他下土。

牧人　今天是运气的日子，孩子；我们要做些好事才是。（同下。）

冬天的故事

第四幕

引子

致辞者扮时间上。

时间 我令少数人欢欣，我给一切人磨难，

善善恶恶把喜乐和惊忧一一宣展；

让我如今用时间的名义驾起双翮，

把一段悠长的岁月跳过请莫指斥：

十六个春秋早已默无声息地过度，

这其间白发红颜人事有几多变故；

我既有能力推翻一切世间的习俗，

又何必俯就古往今来规则的束缚？

这一段不小的空白就此搁在一旁，

各人的遭遇早已在前文交代端详；

如今我再要提说全然新鲜的情由，
让陈旧的故事闪烁着灿烂的光流：
就像你们突然从睡梦中惊醒转来，
容我向你们把一个新的场面铺开。
里昂提斯悔恨他痴愚的无根嫉妒，
此后便关起门来独自儿闲居思过；
善良的观众，再想像我在波希米亚，
记住国王他有一个儿子在他膝下，
弗罗利泽是这位青年王子的表名；
现在再说潘狄塔，出落得丰秀超群：
她后来的遭际我不必在这儿预报，
时间的消息到时候自会一一揭晓；
现在她认一个牧羊人做她的父亲，
她此后的运命不久时间便会显明。
诸君倘嫌这本戏无聊请不要心焦，
希望你们以后再不受同样的无聊！（下。）

冬天的故事

第一场　波希米亚。波力克希尼斯宫中一室

波力克希尼斯及卡密罗上。

波力克希尼斯　好卡密罗，不要再向我苛求了。拒绝你无论什么事都使我难过；可是我倘使答应了你这要求，那我简直活不下去了。

卡密罗　我离开我的故国已经十五年了；虽然我已经过惯了异乡的生活，可是我希望能归骨故丘。此外，我的故主国王陛下也已经忏罪，并且派人召我回去了；虽然我不该妄自夸耀，但是看到我可能会稍微减轻他心头的痛苦，这就为我的离去增加了一番动力。

波力克希尼斯　你是爱我的，卡密罗，不要在现在离开我而把你过去的辛劳都一笔勾销了。你自身的好处使我缺少不了你；与其中途你抛弃了我，倒不如我从来不曾认识你的好。你已经给我筹划了好些除了你之外别人再也不能胜任愉快的工作；要是你不能留在这儿亲自处理，就不得不把你亲手创下的事业搁置起来。这些事情要是我还不曾仔细考虑过——无论如何总不会嫌过于仔细的——那么我今后一定要专心一志地研究如何对你表示感激；这样我会得益更多，我们的友谊也会愈益增加。至于那个倒楣的国家西西里，请你不要再提起它了；你一说起那个名字，便会使我忆起了你所说的那位忏罪而已经捐弃了宿怨的王兄而心中难过；他那个珍贵无比的王后和孩子们的惨死，就是现在想起来也会令人重新恸哭。告诉我，你什么时候看见过

我的孩子弗罗利泽王子？国王们有了不肖的儿子，或是有了好儿子随后又失去，都是一样地不幸。

卡密罗 陛下，我已经有三天没有看见王子了。他在做些什么消遣我不知道；可是我很遗憾地注意到他近来不大在宫廷里，也不像从前那样热心于他的那种合于王子身分的技艺。

波力克希尼斯 我也这样想，卡密罗，我很有点放不下心。据我的耳目报告，说他老是在一个极平常的牧人的家里；据说那牧人本来是个穷措大，谁也不知道怎么一下子发起横财来了。

卡密罗 陛下，我也听说有这样一个人；据说他有一个绝世的女儿，她的名声传播得那么广，谁也想不到她的来源只是这样一间草屋。

波力克希尼斯 我也得到这样的报告，可是我怕那便是引诱我儿子到那边去的原因。你陪我去看一下；我们化了装，向那牧人探问探问，他的简单的头脑是不难叫他说出我的儿子所以到那儿去的缘故来的。请你就陪着我进行这一件事，把西西里的念头搁开了吧。

卡密罗 敬遵陛下的旨意。

波力克希尼斯 我的最好的卡密罗！我们该去假扮起来。（下。）

第二场　同前。牧人村舍附近的大路

奥托里古斯上。

奥托里古斯 （唱）

冬天的故事

当水仙花初放它的娇黄，

嗨！山谷那面有一位多娇；

那是一年里最好的时光，

严冬的热血在涨着狂潮。

漂白的布单在墙头晒晾，

嗨！鸟儿们唱得多么动听！

引起我难熬的贼心痒痒，

有了一壶酒喝胜坐龙廷。

听那百灵鸟的清歌婉丽，

嗨！还有画眉喜鹊的叫噪，

一齐唱出了夏天的欢喜，

当我在稻草上左搂右抱。

我曾经侍候过弗罗利泽王子，穿过顶好的丝绒；可是现在已经遭了革逐。

我要为这悲伤吗，好人儿？

惨白的月亮照耀着夜幕；

当我从这儿偷摸到那儿，

我并没有走错我的道路。

要是补锅子的能够过活，

背起他那张猪皮的革囊，

我当然也可以交代明白，

顶着枷招认这一套勾当。

被单是我的专门生意；在鹞子搭窠的时候，人家少不了要短些零星布屑。我的父亲把我取名为奥托里古斯；他也像我一样水星照命，也是一个专门注意人家不留心的零碎东西的小偷。呼幺喝六，眼花宿柳，到头来换得这一身五花大氅，做小偷是我唯一的生计。大路上呢，怕被官捉去拷打吊死不是玩的；后日茫茫，也只有以一睡了之。——一注好买卖上门了！

　　　　　小丑上。

小丑 　让我看：每阉羊十一头出二十八磅羊毛；每二十八磅羊毛可卖一镑几先令；剪过的羊有一千五百只，一共有多少羊毛呢？

奥托里古斯 　（旁白）要是网儿摆得稳，这只鸡一定会给我捉住。

小丑 　没有筹码，我可算不出来。让我看，我要给我们庆祝剪羊毛的欢宴买些什么东西呢？三磅糖，五磅小葡萄干，米——我这位妹子要米作什么呢，可是爸爸已经叫她主持这次欢宴，这是她的主意。她已经给剪羊毛的，和唱三部歌的人们扎好了二十四扎花束；他们都是很好的人，但多半是唱中音和低音的，可是其中有一个是清教徒，和着角笛他便唱圣诗。我要不要买些番红花粉来把梨饼着上颜色？荳蔻壳？枣子？——不要，那不曾开在我的帐上。荳蔻仁，七枚；生姜，一两块，可是那我可以向人白要的；乌梅，四磅；再有同样多的葡萄干。

奥托里古斯 　我好苦命呀！（在地上匍匐。）

小丑 　嗳呀！——

奥托里古斯 　唉，救救我！救救我！替我脱下这身破衣服！然后让我死吧！

小丑 　唉，苦人儿！你应当再多穿一些破衣服，怎么反而连这也要脱去了呢？

冬天的故事

奥托里古斯　唉，先生！这身衣服比我身上受过的鞭打还叫我难过；我重重地挨了足有几百万下呢。

小丑　唉，苦人儿！挨了几百万下可不是玩的呢。

奥托里古斯　先生，我碰见了强盗，叫他们打坏了；我的钱、我的衣服，都给他们抢去了，却把这种可厌的东西给我披在身上。

小丑　什么，是一个骑马的，还是步行的？

奥托里古斯　是个步行的，好先生，步行的。

小丑　对了，照他留给你的这身衣服看来，他一定是个脚夫之类；假如这件是骑马人穿的衣服，那么它一定有不少的经历了。把你的手伸给我，让我搀着你。来，把你的手给我。

（扶奥托里古斯起。）

奥托里古斯　啊！好先生，轻一点儿。唷！

小丑　唉，苦人儿！

奥托里古斯　啊！好先生；轻点儿，好先生！先生，我怕我的肩胛骨都断了呢。

小丑　怎么！你站不住吗？

奥托里古斯　轻轻的，好先生；（窃取小丑钱袋）好先生，轻轻的。您做了一件好事啦。

小丑　你缺钱用吗？我可以给你几个钱。

奥托里古斯　不，好先生；不，谢谢您，先生。离这儿不到一哩路我有一个亲戚，我就到他那儿去；我可以向他借钱或是别的我所需要的东西。别给我钱，我请求您；那会使我不高兴。

小丑　抢了你的是怎样一个人呀？

奥托里古斯　据我所知道的，先生，他是一个到处跟人打弹子戏的家伙。我知道他从前曾经侍候过王子；后来我确实知道他是被鞭打赶出宫廷的，好先生，虽然我不晓得为了他的哪一点好处。

小丑　你应当说坏处；好人是不会被鞭打赶出宫廷的。他们奖励着人们的好处，好让它留在那边；可是好容易才能留得住几分钟呢。

奥托里古斯　我应当说坏处，先生。我很熟悉这家伙。他后来曾经做过牵猢狲的；后来又当过官差；后来去做一个演浪子回头的木偶戏的人，在离开我的田地一哩路之内的地方跟一个补锅子的老婆结了亲；各种下流的行业做了一桩换一桩，终于做了一个流氓。有人叫他做奥托里古斯。

小丑　他妈的！他是个贼；在教堂落成礼的时候，在市集里，在要熊的场上，常常有他的踪迹。

奥托里古斯　不错，先生；那正是他，先生；那就是给我披上这身衣服的流氓。

小丑　波希米亚没有比他再鼠胆的流氓；你只要摆出一些架势来，向他脸上啐过去，他就逃掉了。

奥托里古斯　不瞒您说，先生，我不会和人打架。在那方面我是全然没用的；我相信他也知道。

小丑　你现在怎样？

奥托里古斯　好先生，好得多啦；我可以站起来走了。我应该向您告别，慢慢地走到我的亲戚那儿去。

小丑　要不要我带着你走？

奥托里古斯　不，和气面孔的先生；不，好先生。

小丑 那么再会吧；我必须去买些香料来预备庆贺剪羊毛的喜宴。

奥托里古斯 愿您好运气，好先生！（小丑下）你的钱袋可不够你买香料呢。等你们举行剪羊毛的喜宴，我也要来参加一下；假如我不能在这场把戏上再出把戏，叫那些剪羊毛的人自己变成了羊，那么把我在花名簿上除名，算作一个规矩人吧。

上前走，上前走，脚踏着人行道，

高高兴兴地手扶着界木：

心里高兴走整天也不会累倒，

愁人走一哩也像下地狱。（下。）

第三场　同前。牧人村舍前的草地

弗罗利泽及潘狄塔上。

弗罗利泽 你这种异常的装束使你的每一部分都有了生命；不像是一个牧女，而像是出现在四月之初的花神了。你们这场剪羊毛的喜宴正像群神集会，而你就是其中的仙后。

潘狄塔 殿下，要是我责备您不该打扮得这么古怪，那就是失礼了——唉！恕我，我已经说了出来。您把您尊贵的自身，全国瞻瞩的表记，用田舍郎的装束晦没起来；我这低贱的女子，却装扮做女神的样子。幸而我们这宴会在上每一道菜的时候都不缺少一些疯狂的胡闹，宾客们已视为惯例，不以为意，否则我见您这样打扮，仿佛看见了我镜中的自己，就难免脸红了。

弗罗利泽　我感谢我那好鹰飞过了你父亲的地面上！

潘狄塔　上帝保佑您这感谢不是全没有理由的吧！在我看来，我们阶级的不同只能引起畏惧；您的尊贵是不惯于畏惧的。就是在现在，我一想起您的父亲也许也像您一样偶然走过这里，就会吓得发抖。天啊！他要是看见他的高贵的大作装钉得这么恶劣，将会觉得怎样呢？他会说些什么话？我穿着这种借来的华饰，又怎样抵御得住他的庄严的神气呢？

弗罗利泽　除了行乐之外，再不要担心什么。天神也曾经为了爱情，降低了他们的天神的身分，而化作禽兽的样子。朱庇特变成公牛作牛鸣；青色的海神涅普图恩变成牡羊学羊叫；穿着火袍的金色的阿波罗，也曾像我现在这样乔装作一个穷寒的田舍郎。他们化形所追求的对象并不比你更美，他们的目的也并不比我更纯洁，因为我是发乎情而止乎礼义的。

潘狄塔　唉！但是，殿下，您一定会遭到王上的反对，那时您的意志就不能不屈服了；结果不是您改变了您的主意，就是我必得放弃这种比翼双飞的生活。

弗罗利泽　最亲爱的潘狄塔，请你不要想着这种事情来扫宴乐的兴致。要是我不能成为你的，我的美人，那么我就不是我的父亲的；因为假如我不是你的，那么我也不能是我自己的，什么都是无所归属的了。即使运命反对我，我的心也是坚决的。高兴些，好人，用你眼前所见的事物把这种思想驱去了吧。你的客人们来了；抬起你的脸来，就像我们两人约定举行婚礼的那一天一样。

潘狄塔　运命的女神啊，请你慈悲一些！

弗罗利泽　瞧，你的客人们来了；活活泼泼地去招待他们，让我们大家开怀欢畅吧。

> 牧人偕波力克希尼斯及卡密罗各乔装上；小丑、毛大姐、陶姑儿及余人等随上。

牧人　嗳哟，女儿！我那老婆在世的时候，在这样一天她又要料理伙食，又要招呼酒席，又要烹调菜蔬；一面当主妇，一面做用人；每一个来客都要她欢迎，都要她亲自侍候；又要唱歌，又要跳舞；一会儿在桌子的上首，一会儿在中央；一会儿在这人的肩头斟酒，一会儿又在那人的肩旁，辛苦得满脸火一样红，自己坐下来歇息喝酒也必须举杯向每个人奉敬。你躲在一旁，好像你是被招待的贵客，而不是这场宴会的女主人。请你过来欢迎这两位不相识的朋友；因为这样我们才可以相熟起来，大家做好朋友。来，别害羞，作出你的女主人的样子来吧。说呀，欢迎我们来参加你的剪羊毛的庆宴，你的好羊群将会繁盛起来。

潘狄塔　（向波力克希尼斯）先生，欢迎！是家父的意思要我担任今天女主人的职务。（向卡密罗）欢迎，先生！把那些花给我，陶姑儿。可尊敬的先生们，这两束迷迭香和芸香是给你们的；它们的颜色和香气在冬天不会消散。愿上天赐福给你们两位，永不会被人忘记！我们欢迎你们来。

波力克希尼斯　美丽的牧女，你把冬天的花来配合我们的年龄，倒是很适当的。

潘狄塔　先生，绚烂的季节已经过去，在这夏日的余晖尚未消逝、令人战栗的冬天还没有到来之际，当令的最美的花卉，只有卡耐馨和有人称为自然界的私生儿的斑石竹；我们这村野的园中不曾种植它们，我也不想去采一两枝来。

波力克希尼斯　好姑娘，为什么你瞧不起它们呢？

潘狄塔　因为我听人家说，在它们的斑斓的鲜艳中，人工曾经巧夺了天工。

波力克希尼斯　即使是这样的话，那种改进天工的工具，正也是天工所造成的；因此，你所说的加于天工之上的人工，也就是天工的产物。你瞧，好姑娘，我们常把一枝善种的嫩枝接在野树上，使低劣的植物和优良的交配而感孕。这是一种改良天然的艺术，或者可说是改变天然，但那种艺术的本身正是出于天然。

潘狄塔　您说得对。

波力克希尼斯　那么在你的园里多种些石竹花，不要叫它们做私生子吧。

潘狄塔　我不愿用我的小锹在地上种下一枝；正如要是我满脸涂脂抹粉，我不愿这位少年称赞它很好，只因为那副假象才想娶我为妻。这是给你们的花儿，浓烈的薄荷、香草；陪着太阳就寝、流着泪跟他一起起身的万寿菊：这些是仲夏的花卉，我想它们应当给与中年人。给您吧，欢迎您来。

卡密罗　假如我也是你的一头羊，我可以无须吃草，用凝视来使我活命。

潘狄塔　唉，别说了吧！您会消瘦到一阵正月的风可以把您吹来吹去的。（向弗罗利泽）现在，我的最美的朋友，我希望我有几枝春天的花朵，可以适合你的年纪——还有你，还有你，在你们处女的嫩枝上花儿尚含苞未放。普洛塞庇那啊！现在所需要的正是你在惊惶中从狄斯的车上堕下的花朵！在燕子尚未归来之前，就已经大胆开放，丰姿招展地迎着三月之和风的水仙花；比朱诺的眼睑，或是西塞利娅[①]的气息更为甜美的暗色的紫罗兰；像一般薄命的女郎一样，还不曾看见光明的福玻斯在中天大放荣辉，便以未嫁之身奄然长逝的樱草花；勇武的，皇冠一样的莲香花；以及各种的百合花，包括着泽兰。唉！我没有这些花朵来给你们扎成花圈；再把它们撒遍你，我的好友的全身！

弗罗利泽　什么！像一个尸体那样吗？

潘狄塔　不，像是给爱情所偃卧游戏的水滩，不是像一个尸体；或者是抱在我臂中的活体，而不是去埋葬的。来，把你们的花儿拿了。我简直像他们在圣灵降临节扮演的牧歌戏里一样放肆了；一定是我这身衣服改变了我的性情。

弗罗利泽　无论你做什么事，总比已经做过的更为美妙。当你说话的时候，亲爱的，我希望你永远说下去。当你唱歌的时候，我希望你做买卖的时候也这样唱着，布施的时候也这样唱着，祈祷的时候也这样唱着，管理家政的时候也这样唱着。当你跳舞的时候，我希望你是海中的一朵浪花，永远那么波动着，再不做别的事。你的每一个动作，在无论哪一点上都是那么特殊地美妙；每看到一件眼前的事，都会令人以为不会有更胜于此的了；在每项事情上你都是个女王。

---

①西塞利娅（Cytherea），希腊神话中爱与美的女神阿佛洛狄忒（Aphrodite）的称号。

潘狄塔 啊，道里克尔斯！你把我恭维得太过分了。倘不是因为你的年轻和你的真诚，表示出你确是一个纯洁的牧人的话，我的道里克尔斯，我是很有理由疑心你别有用意的。

弗罗利泽 我没有可以引起你疑心的用意，你也没有疑心我的理由。可是来吧，请你允许我陪你跳舞。把你的手给我，我的潘狄塔；就像一对斑鸠一样，永不分开。

潘狄塔 我誓愿如此。

波力克希尼斯 这是牧场上最美的小家碧玉；她的每一个动作、每一种姿态，都有一种比她自身更为高贵的品质，这地方似乎屈辱了她。

卡密罗 他对她说了句什么话儿，羞得她脸红起来了。真的，她可说是田舍的女王。

小丑 来，奏起音乐来。

陶姑儿 叫毛大姐作你的情人吧；好，别忘记嘴里含个大蒜儿，接起吻来味道好一些。

毛大姐 岂有此理！

小丑 别说了，别说了；大家要讲究礼貌。来，奏起来。（奏乐；牧人群舞。）

波力克希尼斯 请问，好牧人，跟你女儿跳舞的那个漂亮的田舍郎是谁？

牧人 他们把他叫作道里克尔斯；他自己夸说他有很好的牧场。我相信他的话；他瞧上去是个老实人。他说他爱我的女儿。我也这样想；因为就是月亮凝视着流水，也赶不上他那么痴心地立定呆望着我女儿的眼波。老实说吧，从他们的接吻上要分别出谁更爱谁来，是不可能的。

波力克希尼斯　　她跳舞跳得很好。

牧人　　她样样都精；虽然我不该这样自夸。要是年轻的道里克尔斯选中了她，她会给他梦想不到的好处的。

　　　　　　一仆人上。

仆人　（向小丑）啊，大官人！要是你听见了门口的那个货郎，你就再不会跟着手鼓和笛子跳舞了；不，风笛也不能诱动你了。他唱了几支曲调比你数银钱还快，似乎他曾经吃过许多歌谣似的；大家的耳朵都生牢在他的歌儿上了。

小丑　他来得正好；我们应当叫他进来。山歌我是再爱听不过的了，只要它是用快活的调子唱着悲伤的事，或是用十分伤心的调子唱着很快活的事儿。

仆人　他有给各色男女的歌儿；没有哪个女服店主会像他那样恰如其分地用合适的手套配合着每个顾客了。他有最可爱的情歌给姑娘们，难得的是一点不粗俗，那和歌和尾声是这样优雅，"跳她一顿，揍她一顿"；惟恐有什么喜欢讲粗话的坏蛋要趁此开个恶作剧的玩笑，他便叫那姑娘回答说，"喔唷，饶饶我，好人儿！"把他推了开去，这么撇下了他，"喔唷，饶饶我，好人儿！"

波力克希尼斯　　这是一个有趣的家伙。

小丑　真的，你说的是一个很调皮的东西。他有没有什么新鲜的货色？

仆人　他有虹霓上各种颜色的丝带；带组之多，可以叫波希米亚所有的律师们大批地来也点不清楚；羽毛带、毛绒带、细麻布、细竹布；他把它们一样一样唱着，好像它们都是男神女神的名字呢。他把女人衬衫的袖口和胸前的花样都唱得那么动听，你会以为每一件衬衫都是一个女天使呢。

小丑　去领他进来；叫他一路唱着来。

潘狄塔　吩咐他可不许唱出粗俗的句子来。（仆人下。）

小丑　瞧不出这班货郎真有点儿本事呢，妹妹。

潘狄塔　是的，好哥哥，我再瞧也不会瞧出什么来的。

奥托里古斯唱歌上。

奥托里古斯　（唱）

白布白，像雪花；

黑纱黑，像乌鸦；

一双手套玫瑰香；

假脸罩住俊脸庞；

琥珀项链玻璃镯，

绣阃生香芳郁郁；

金线帽儿绣肚罩，

买回送与姐儿俏；

烙衣铁棒别针尖，

闺房百宝尽完全；

来买来买快来买，

哥儿不买姐儿怪。

小丑　要不是因为我爱上了毛大姐，你再不用想从我手里骗钱去，可是现在我既然爱她都爱得着了魔，不得不买些丝带手套了。

毛大姐　你曾经答应过买来送给我今天穿戴；但现在还不算太迟。

陶姑儿　他答应你的一定还不止这些哩。

毛大姐　他答应你的，都已经给了你了；也许他给你的比他所答應你的還要多哩，看你好意思說出來。

小丑 難道姑娘家就不講個禮數嗎？穿褲子可以當著大家的臉嗎？你們不可以在擠牛奶的時候、睡覺的時候或是在灶下悄聲地談說你們的秘密，一定要當著眾位客人之前嘮叨不停嗎？怪不得他們都在那兒交頭接耳了。閉住你們的嘴，別再多說一句話吧。

毛大姐 我已經說完了。來，你答應買一條圍巾和一雙香手套給我的。

小丑 我不曾告訴你我怎樣在路上給人掏了錢去嗎？

奧托里古斯 真的，先生，外面拐子很多呢；一個人總得小心些才是。

小丑 朋友，你不用擔心，在這兒你不會失落什麼的。

奧托里古斯 但願如此，先生；因為我有許多值錢的東西呢。

小丑 你有些什麼？山歌嗎？

毛大姐 請你買幾支；我頂喜歡刻印出來的山歌，因為那樣的山歌才一定是真的。

奧托里古斯 這兒是一支調子很悲傷的山歌，裡面講著一個放債人的老婆一胎生下二十只錢袋來，她盡想著吃蛇頭和煮爛的蝦蟆。

毛大姐 你想這是真的嗎？

奧托里古斯 再真沒有了，才一個月以前的事呢。

陶姑兒 天保佑我別嫁給一個放債的人！

奧托里古斯 收生婆的名字都在這上頭，叫什麼造謠言太太的，另外還有五六個在場的奶奶們。我幹什麼要到處胡說呢？

毛大姐 謝謝你，買了它吧。

小丑　好，把它放在一旁。让我们看还有什么别的歌；别的东西等会儿再买吧。

奥托里古斯　这儿是另外一支歌，讲到有一条鱼在四月八十日星期三这一天在海岸上出现，离水面二十四万呎以上；它便唱着这一支歌打动姑娘们的硬心肠。据说那鱼本来是一个女人，因为不肯跟爱她的人交欢，故而变成一条冷血的鱼。这歌儿十分动人，而且是千真万确的。

陶姑儿　你想那也是真的吗？

奥托里古斯　五个法官调查过这件事，证人多得数不清呢。

小丑　也把它放下来；再来一支看看。

奥托里古斯　这是一支轻松的小调，可是怪可爱的。

毛大姐　让我们买几支轻松的歌儿。

奥托里古斯　这才是非常轻松的歌儿呢，它可以用"两个姑娘争风"这个调子唱。西方一带的姑娘谁都会唱这歌；销路好得很呢，我告诉你们。

毛大姐　我们俩也会唱。要是你也加入唱，你便可以听我们唱得怎样；它是三部合唱。

陶姑儿　我们在一个月之前就学会这个调子了。

奥托里古斯　我可以参加；你们要知道这是我的吃饭本领呢。请唱吧。（三人轮唱。）

奥托里古斯

你去吧，因为我必须走，

到哪里用不着你追究。

陶姑儿

哪里去？

毛大姐

> 啊！哪里去？

陶姑儿

> 哪里去？

毛大姐

> 赌过的咒难道便忘掉，
>
> 什么秘密该让我知晓？

陶姑儿

> 让我也到那里去。

毛大姐

> 你到农场还是到磨坊？

陶姑儿

> 这两处全不是好地方。

奥托里古斯

> 都不是。

陶姑儿

> 咦，都不是？

奥托里古斯

> 都不是。

陶姑儿

> 你曾经发誓说你爱我。

毛大姐

> 你屡次发誓说你爱我。
>
> 究竟你到哪里去？

小丑　让我们把这个歌儿拣个清静的地方唱完它；我的爸爸跟那

两位老爷在讲正经话，咱们别搅扰了他们。来，带着你的东西跟我来吧。两位大姐，你们两人都不会落空。货郎，让我们先发发利市。跟我来，姑娘们。（小丑、陶姑儿、毛大姐同下。）

奥托里古斯　你要大破其钞呢。（唱）

要不要买些儿时新花边？

要不要镶条儿缝上披肩？

我的小娇娇，我的好亲亲！

要不要买些儿丝线缎绸？

要不要首饰儿插个满头？

质地又出色，式样又时新。

要什么东西请告诉货郎，

钱财是个爱多事的魔王：

人要爱打扮，只须有金银。（下。）

　　　　　仆人重上。

仆人　主人，有三个推小车的，三个放羊的，三个看牛的和三个牧猪的，都身上披了毛皮，自己说是什么骚提厄尔①的；他们跳的那种舞，姑娘们说全然是一阵乱窜乱跳，因为里面没有女的，可是他们自己却以为也许那些只懂得常规的人们会以为他们这种跳法太粗野了，其实倒是满有趣的。

牧人　去！我们不要看他们；粗蠢的把戏已嫌太多了。先生！我知道一定会叫你们心烦。

---

①骚提厄尔（Saltiers）应是萨特（Satyr），希腊神话中人身马尾，遨游山林的怪物。此处把音说错了。

波力克希尼斯　你在叫那些使我们高兴的人心烦呢。请你让我们瞧瞧这三个人一组的四班牧人吧。

仆人　据他们自己说，先生，其中的三个人曾经在王上面前跳过舞，就是其中顶坏的三个，也会跳十二呎半呢。

牧人　别多嘴了。这两位好先生既然高兴，就叫他们进来吧；可是快些。

仆人　他们就在门口等着呢，主人。（下。）

　　　　　仆人领十二乡人扮萨特重上。跳舞后同下。

波力克希尼斯　（向牧人）老丈，慢慢再让你知道吧。（向卡密罗）这不是太那个了吗？现在应该去拆散他们了。他果然很老实，把一切都讲出来了。（向弗罗利泽）你好，漂亮的牧人！你的心里充满了些什么东西，连宴会也忘记了？真的，当我年轻的时候，我也像你一样恋爱着，常常送给我的她许多小东西。我会把货郎的绸绢倾筐倒箧地送给她；可是你却轻轻地让他去了，不同他作成一点交易。要是你的姑娘误会了，以为这是你不爱她或是器量小的缘故，那么你假如不愿失去她，可就难于自圆了。

弗罗利泽　老先生，我知道她不像别人那样看重这种不值钱的东西。她要我给她的礼物，是深深地锁藏在我的心中的，我已经给了她了，可是还不曾正式递交。（向潘狄塔）这位年尊的先生似乎也曾经恋爱过，当着他的面前，听我诉说我的心灵吧！我握着你的手，这像鸽毛一样柔软而洁白、像非洲人的牙齿、像被北风簸扬过二次的雪花一样白的手。

波力克希尼斯　还有些什么下文呢？这个年轻的乡下女子似乎花了不少心血在洗那本来已很美的手呢！恕我打扰；你说

下去吧：让我听一听你要宣布些什么话。

弗罗利泽　好，就请您作个见证。

波力克希尼斯　我这位伙伴也可以听吗？

弗罗利泽　他也可以，再有别人也可以，一切的人，天地和万物，都可以来为我作见证：即使我戴上了最尊严最高贵的皇冠，即使我是世上引人注目的最美貌的少年，即使我有超人的力量和知识，我也不愿重视它们，假如我得不到她的爱情；它们都是她的臣仆，她可以赏擢它们使供奔走，或者贬斥它们沦于永劫。

波力克希尼斯　说得很好听。

卡密罗　这可以表示真切的爱悦。

牧人　可是，我的女儿，你不会对他也说些什么吗？

潘狄塔　我不能说得像他那么好；我也没有比他更好一点的意思。用我自己的思想作为例子，我可以看出他的真诚来。

牧人　握手吧；交易成功了。不相识的朋友们，你们可以作证：我把我的女儿给了他，她的嫁奁我要使它和他的财产相当。

弗罗利泽　啊！那该是你女儿自身的德性了。要是有一个人死了，我所有的将为你们梦想所不及；那时再叫你吃惊吧。现在来，当着这两位证人之前给我们订婚。

牧人　伸出你的手来；女儿，你也伸出手来。

波力克希尼斯　且慢，汉子。你有父亲吗？

弗罗利泽　有的；为什么提起他呢？

波力克希尼斯　他知道这件事吗？

弗罗利泽　他不知道，也不会知道。

波力克希尼斯　我想一个父亲是他儿子的婚宴上最不能缺少的尊

客。我再请问你一声，你的父亲已经老悖得作不了主了吗？他是不是一个老糊涂？他会说话吗？他耳朵听得见吗？能不能认识人，谈论自己的事情？他是不是躺在床上爬不起来，只会做些孩子气的事？

弗罗利泽　不，好先生，像他那个年纪的人，很少有他这样壮健的呢。

波力克希尼斯　凭着我的白胡子起誓，如果真是这样的话，你太不孝了。儿子自己选中一个妻子，这是说得过去的；可是做父亲的一心想望着子孙的好，在这种事情上也参加一点意见，总也是应该的吧。

弗罗利泽　我承认您的话很对；可是，我的尊严的先生，为了别的一些不能告诉您的理由，我不曾让我的父亲知道这回事。

波力克希尼斯　那你就该去告诉他才是。

弗罗利泽　他不能知道。

波力克希尼斯　他一定要知道。

弗罗利泽　不，他一定不能知道。

牧人　去告诉他吧，我的孩子；他要是知道了你选了怎样一个妻子，决不会不中意的。

弗罗利泽　不，不，他一定不能知道。来，给我们证婚吧。

波力克希尼斯　给你们离婚吧，少爷；（除去假装）我不敢叫你做儿子呢。你这没出息的东西，我还能跟你认父子吗？堂堂的储君，却爱上了牧羊的曲杖！你这老贼，我恨不得把你吊死；可是即使吊死了你，像你这样年纪，也不过促短了你几天的寿命。还有你，美貌的妖巫，你一定早已知道跟你发生关系的那人是个天潢贵胄的傻瓜——

牧人 嗳哟！

波力克希尼斯 我要用荆棘抓破你的美貌，叫你的脸比你的身分还寒伧。讲到你，痴心的孩子，我再不准你看见这丫头的脸了；要是你敢叹一口气，我就把你废为庶人，摈出王族，以后永绝关系。听好我的话；跟我回宫去。（向牧人）蠢东西，你虽然使我大大生气，可是暂时恕过你这遭。（向潘狄塔）妖精，你只配嫁个放牛的！若不是为了顾及我王家的体面，像他这样恬不知耻自贬身分的人和你倒也相配！要是你以后再开你的柴门接他进来，或者再敢去抱住他的身体，我一定要想出一种最残酷的死刑来处决你这弱不禁风的娇躯。（下。）

潘狄塔 虽然一切都完了，我却并不恐惧。不止一次我想要对他明白说：同一的太阳照着他的宫殿，也不曾避过了我们的草屋；日光是一视同仁的。殿下，请您去吧；我对您说过会有什么结果的。请您留心着您自己的地位；我现在已经梦醒，就别再扮什么女士了。让我一路挤着羊奶，一路哀泣吧。

卡密罗 嗷，怎么啦，老丈！在你没有死之前，说句话呀。

牧人 我不能说话，也不能思想，更不敢知道我所知道的事。唉，殿下！我活了八十三岁，但愿安安静静地死去，在我的父亲葬身的地方，跟他正直的骸骨长眠在一块儿，可是您现在把我毁了！替我盖上殓衣的，将要是个行刑的绞手；我的埋骨之处，没有一个牧师会加上一铲土。唉，该死的孽根！你知道他是王子，却敢跟他谈情。完了！完了！要是我能够就在这点钟内死去，那么总算死得其时。（下。）

弗罗利泽　你为什么这样看着我？我不过有点悲伤，却并不恐惧；不过受了挫折，却没有变心；本来是怎样，现在仍旧是怎样。因为给拉住了而更要努力向前，不甘心委屈地给人拖了去。

卡密罗　殿下，您知道您父亲的脾气。这时候他一定不听人家的话；我想您也不会想去跟他说什么；而且我怕他现在也未必高兴见您的面：所以您还是等他的火性退了之后再去见他吧。

弗罗利泽　我没有这个意思。我想你是卡密罗吧？

卡密罗　正是，殿下。

潘狄塔　我不是常常对你说事情会弄到这样的！我不是常常说等到这事一泄露，我就要丢脸了！

弗罗利泽　你决不会丢脸，除非我背了信；那时就让天把地球的两边碰了拢来，毁灭掉一切的生灵吧！抬起你的脸来。父亲，把我废斥了吧；我是我的爱情的后嗣。

卡密罗　请听劝告吧。

弗罗利泽　我听从着我的爱情的劝告呢。要是我的理性能服从指挥，那么我是有理性的；否则我的感觉就会看中疯闹，向它表示欢迎。

卡密罗　您这简直是乱来了，殿下。

弗罗利泽　随你怎样说吧；可是这才可以实现我的盟誓，我必须以为这样做是正当的。卡密罗，我不愿为了波希米亚，或是它的一切的荣华，或是太阳所临照、土壤所孕育以及无底的深海所隐藏的一切，而破毁了我向这位美貌的未婚妻所立的誓。所以，我拜托你，因为你一直是我父亲所看重的朋友，当他失去我的时候——不瞒你说，我预备再不见他了——请你好好安慰安慰他；让我自个儿挣扎我的未来的运命吧。我不妨告诉你，你也可以这样对他说，因为在岸上我不能保有她，我要同着她到海上去了；巧得很，我刚有一艘快船在此，虽然本来并非为着这次的计划。至于我预备采取什么方针，那你无须知道，我也不必告诉你了。

卡密罗　啊，我的殿下！我希望您的性子不那么固执，更能听取忠告，或者您的精神较为坚强，更能适合您的需要。

弗罗利泽　听我说，潘狄塔。（携潘狄塔至一旁。向卡密罗）等会儿再跟你谈。

卡密罗　他已经立志不移，一定要出走了。要是我能在他的这回出走上想个计策，一方面偿了我的心愿，一方面帮助他脱去危险，为他尽些力量；让我再看见我的亲爱的西西里和我渴想见面的不幸的旧君，那就一举两得了。

弗罗利泽　好卡密罗，我因为有许多难题要解决，多多失礼了。

卡密罗　殿下，我想您也听说过我对于您父亲的微末的忠勤吧？

弗罗利泽　你是很值得尊敬的；我父亲一提起你的功绩，总是极口称赞；他也常常想到要怎样补报你。

卡密罗　好，殿下，要是您愿意把我看成是忠心于王上，同时因为忠心于他的缘故，也愿意忠心于和他最关切的人，那就是说您殿下自己，那么请您接受我的指示：假如您那已经决定了的重要的计划可以略加更改的话，我可以指点您处将会按着您的身分竭诚接待您的地方；您可以在那边陪您的恋人享着艳福，我知道要把你们拆散是不可能的，除非遭到了毁灭的命运——上帝保佑不会有这种事！您跟她

冬天的故事

结了婚；这边我可以竭力向您的怫意的父亲劝解，渐渐使他同意。

弗罗利泽　这简直是奇迹了，卡密罗；怎么可以实现呢？我要相信你不是个凡人，然后才可以相信你的话。

卡密罗　您有没有想到一个去处？

弗罗利泽　还没有；可是因为这回事情的突如其来，不得不使我们采取莽撞的行动。我们只好听从运命的支配，随着风把我们吹到什么方向。

卡密罗　那么听我说。要是您立定主意出走，那么到西西里去吧；您可以带着您这位美人去谒见里昂提斯，说她是位公主，把她穿扮得适合于作您妻子的身分。我想像得到里昂提斯将会伸出他的宽宏的手来，含着眼泪欢迎你；把你当作你父亲本人一样，向你请求原恕；吻着你的娇艳的公主的手；一面忏悔他过去的不仁，一面让眼前的殷勤飞快地愈加增长。

弗罗利泽　可尊敬的卡密罗，我要用些什么借口来向他说明这次访问呢？

卡密罗　您说是您父王差遣您来向他问候通好的。殿下，您要用什么方式去见他；作为您父亲的代表，您要向他说些什么话；那些在我们三人间所知道的事情，我都可以给您写下来，指示您每次朝见时所要说的话，他一定会相信您的父亲已经把心腹之事全告诉您了。

弗罗利泽　我真感谢你。这似乎有些可能。

卡密罗　比起您的卤莽的做法来，总要有把握多了，照您的做法，只能听任无路可通的大海、梦想不到的海滨、无可避免的灾祸摆布，没有人能够帮助您，脱了这场险又会遭遇另一场险，除了尽力把你们留在你们所厌恶的地方的铁锚而外，再没有可靠之物。而且您知道幸运是爱情的维系；爱情的鲜艳的容色和热烈的心，也会因困苦而起了变化。

潘狄塔 你的话只算一半对；我想困苦可以使脸色惨淡，却未必能改变心肠。

卡密罗 噢，你这样说吗？你父亲的家里再七年也生不出像你这样一个人来。

弗罗利泽 我的好卡密罗，她虽然出身比我们低，她的教养却不次于我们。

卡密罗 我不能因为她的缺少教育而惋惜，因为她似乎比大多数教育别人的都更有教育。

潘狄塔 大人，承您过奖，惭愧得很。

弗罗利泽 我的最可爱的潘狄塔！可是唉！我们却立于荆棘之上！卡密罗，你曾经救了我的父亲，现在又救了我，你是我们一家人的良药；现在我们该怎么办呢？我既然穿得不像一个波希米亚的王子，到了西西里也没有办法好想。

卡密罗 殿下，您不用担心。我想您也知道我的财产全在那边；我一定会像关心自己的事一样设法让您穿着得富丽堂皇。譬如说，殿下，让您知道您不会缺少什么——过来我对您说。（三人退一旁谈话。）

  奥托里古斯上。

奥托里古斯 哈哈！诚实真是个大傻瓜！他的把兄弟，"信任"，脑筋也很简单！我的一切不值钱的玩意儿全卖光了；担子里空空如也，不剩一粒假宝石，一条丝带，一面镜子，一

冬天的故事

159

颗香丸，一枚饰针，一本笔记簿，一页歌曲，一把小刀，一根织带，一双手套，一副鞋带，一只手镯，或是一个明角戒指。他们争先恐后地抢着买，好像我这种玩意儿都是神圣的宝石，谁买了去就会有好福气似的。我就借此看了出来谁的袋里像是最有钱；凡是我的眼睛所看见的，我便记在心里备用。我那位傻小子混头混脑，听了那些小娘儿们的歌着了迷了，他那猪猡脚站定了动都不动，一定要把曲谱和歌词全买了才肯罢休；因此引集了许多人都到了我身边，只顾着听，别的全忘记了：你尽可以把哪个姑娘的衬裙抄走，她是决不会觉得的；你要是把像个鸡巴似的钱袋剪了下来，简直不费吹灰之力；我可以把一串链条上的钥匙都锉下来呢：什么都不听见，什么都不觉得，只顾着我那位大爷的唱歌，津津有味地听那种胡说八道。因此在这种昏迷颠倒的时候，我把他们中间大部分人为着来赶热闹而装满了的钱袋都掏空了；假如下是因为那个老头子连嚷带喊地走来，骂着他的女儿和国王的儿子，把那些砻糠上的蠢鸟都吓走了，我一定会叫他们的钱袋全军覆没的。

（卡密罗、弗罗利泽、潘狄塔上前。）

卡密罗　不，可是用这方法我的信可以和您同时到那边，这困难便可以解决了。

弗罗利泽　同时你请里昂提斯王写信给我们斡旋——

卡密罗　那一定会把您父亲的心劝转来。

潘狄塔　多谢您！您所说的都是很好的办法。

卡密罗　（见奥托里古斯）谁在这儿？我们也许可以把这人利用利用；有机会总不要放过。

奥托里古斯　（旁白）要是我的话给他们听了去，那么我就该死了。

卡密罗　喂，好家伙！你干么这样发抖呀？别怕，朋友；我们并不要为难你。

奥托里古斯　我是个苦人儿，老爷。

卡密罗　那么你就是个苦人儿吧，没有人会来偷你这个名号的。可是我们倒要和你的贫穷的外表做一注交易哩。快脱下你的衣服来吧——你该知道你非脱不可——和这位先生换一身穿。虽然他换到的只是一件破旧不值一个子儿的东西，可是还有几个额外的钱给你，你拿了去吧。

奥托里古斯　我是个苦人儿，老爷。（旁白）我知道你们的把戏。

卡密罗　哎，请你赶快吧；这位先生已经脱下来了。

奥托里古斯　您不是开玩笑吧，老爷？（旁白）我有点儿明白这种诡计。

弗罗利泽　请你快些。

奥托里古斯　您虽然一本正经地给我定钱，可是我却有点儿不能相信呢。

卡密罗　脱下来，脱下来。（弗罗利泽、奥托里古斯二人换衣）幸运的姑娘，让我对你的预言成为真实吧！你应该拣一簇树木中间躲着，把你爱人的帽子拿去覆住了前额，蒙住你的脸，改变你的装束，竭力隐住了自己的原形，然后再上船去；路上恐怕眼目很多，免得被人瞧破。

潘狄塔　看来这本戏里我也要扮一个角色。

卡密罗　也是没有办法呀。——您已经好了吗？

弗罗利泽　要是我现在遇见了我的父亲，他不会叫我做儿子的。

冬天的故事

卡密罗　不，这帽子不给你戴。（以帽给潘狄塔）来。姑娘，来吧。再见，我的朋友。

奥托里古斯　再见，老爷。

弗罗利泽　啊，潘狄塔，我们忘了一件事了！来跟你讲一句话。

（弗罗利泽、潘狄塔在旁谈话。）

卡密罗　（旁白）这以后我便去向国王告知他们的逃亡和行踪；我希望因此可以劝他追赶他们，这样我便可以陪着他再见西西里的面，我真像一个女人那样相思着它呢。

弗罗利泽　幸运保佑我们！卡密罗，我们就此到海边去了。

卡密罗　一路顺风！（弗罗利泽、潘狄塔及卡密罗各下。）

奥托里古斯　我知道这回事情；我听见他们的话。一张好耳朵，一对快眼，一双妙手，这是当扒手所不可缺少的；而且还要有一个好鼻子，可以替别的器官嗅出些机会来。看来现今是小人得势之秋。不加小账，这已经是一桩好交易了；况且还有这样的油水！天老爷今年一定特别包容我们，我们尽可以放手干去。王子自己也就有点不大靠得住，拖着绊脚的东西逃开了父亲的身旁。假如把这消息去报告国王知道是一件正当的事情，我也不愿这样干。不去报告本是小人的行径，正合我的本色。我还是干我的本行吧。走开些，走开些；一个活动的头脑，又可以有些事情做了。每一条巷头巷尾，每一家店铺、教堂、法庭、刑场，一个小心的人都可以显他的身手。

小丑及牧人上。

小丑　瞧，瞧，你现在弄到什么地步啦！唯一的办法是去告诉国王她是个拾来的孩子，并不是你的亲生骨肉。

牧人 不，你听我说。

小丑 不，你听我说。

牧人 好，那么你说吧。

小丑 她既然不是你的骨肉，你的骨肉就不曾得罪国王；因此他就不能责罚你的骨肉。你只要把你在她身边找到的那些东西，那些秘密的东西，都拿出来给他们看，只除了她的财物。这么一来，我可以担保，法律也不会奈何你了。

牧人 我要把一切都去告诉国王，每一个字，是的，还要告诉他他的儿子的胡闹；我可以说他这个人无论对于他的父亲和我都不是个好人，想要把我和国王攀做亲家。

小丑 不错，你起码也可以做他的亲家；那时你的血就不知道要贵多少钱一两了。

奥托里古斯 （旁白）很聪明，狗子们！

牧人 好，让我们见国王去；他见了这包裹里的东西，准要摸他的胡须呢。

奥托里古斯 （旁白）我不知道他们要是这样去说了会怎么阻碍我那主人的逃走。

小丑 但愿他在宫里。

奥托里古斯 （旁白）虽然我生来不是个好人，有时我却偶尔要做个好人；让我把货郎的胡须取下藏好。（取下假须）喂，乡下人！你们到哪儿去？

牧人 不瞒大爷说，我们到宫里去。

奥托里古斯 你们到那边去有什么事？要去见谁？这包裹里是什么东西？你们家住何处？姓甚名谁？多大年纪？有多少财产？出身怎样？一切必须知道的事情，都给我说来。

冬天的故事

小丑 我们不过是平常百姓呢，大爷。

奥托里古斯 胡说！瞧你们这种满脸须发蓬松的野相，就知道不是好人。我不要听胡说；只有做买卖的才会胡说，他们老是骗我们军人；可是我们却不给他们吃刀剑，反而用银钱买他们的谎——所以他们也不算胡说。

小丑 亏得您最后改过口来，不然您倒是对我们胡说一通了。

牧人 大爷，请问您是不是个官？

奥托里古斯 随你们瞧我像不像官，我可真是个官。没看见这身衣服就是十足的官气吗？我穿着这身衣服走路，那样子不是十足的官派吗？你们没闻到我身上的官味道吗？瞧着你们这副贱相，我不是大摆着官架子吗？你们以为我对你们讲话的时候和气了点，动问你们微贱的底细，因此我就不是个官了吗？我从头到脚都是个官，一高兴可以帮你们忙，一发脾气你们就算遭了瘟；所以我命令你们把你们的事情说出来。

牧人 大爷，我是去见国王的。

奥托里古斯 你去见他有什么脚路呢？

牧人 请您原谅，我不知道。

小丑 脚路是一句官话，意思是问你有没有野鸡送上去。你说没有。

牧人 没有，大爷，我没有野鸡，公的母的都没有。

奥托里古斯 我们不是傻瓜的人真幸福！可是谁知道当初造物不会把我也造成他们这种样子？因此我也不要瞧不起他们。

小丑 这一定是位大官儿。

牧人 他的衣服很神气，可是他的穿法却不大好看。

小丑 他似乎因为落拓不羁而格外显得高贵些。我可以担保他一定是个大人物；我瞧他剔牙齿的样子就看出来了。

奥托里古斯 那包裹是什么？里面有些什么东西？那箱子又是哪里来的？

牧人 大爷，在这包裹和箱子里头有一个很大的秘密，除了国王以外谁也不能知道；要是我能够去见他说话，那么他在这一小时之内就可以知道了。

奥托里古斯 老头子，你白白辛苦了。

牧人 为什么呢，大爷？

奥托里古斯 国王不在宫里；他已经坐了一只新船出去解闷养息去了。要是你这人还算懂事的话，你该知道国王心里很不乐意。

牧人 人家正这么说呢，大爷；说是因为他的儿子想要跟一个牧人的女儿结婚。

奥托里古斯 要是那个牧人还不曾交保，还是赶快远走高飞的好。他将要受到的咒诅和刑罚，一定会把他的背膀压断，就是妖魔的心也禁不住要碎裂的。

小丑 您以为这样吗，大爷？

奥托里古斯 不但他一个人要大吃其苦，就是跟他有点亲戚关系的，即使疏远得相隔五十层，也逃不了要上绞架。虽然那似乎太残忍些，然而却是应该的。一个看羊的贱东西，居然胆敢叫他的女儿妄图非分！有人说应当用石头砸死他；可是我说这样的死法太惬意了。把九五之尊拉到了羊棚里来！这简直是万死犹有余辜，极刑尚嫌太轻哩。

小丑 大爷，请问您听没听见说那老头子有一个儿子？

冬天的故事

奥托里古斯　他有一个儿子，要把他活活剥皮；然后涂上蜜，放在胡蜂窠的顶上；等他八分是鬼两分是人的时候，再用火酒把他救活过来；然后拣一个历本上所说的最热的日子，把他那块生猪肉似的身体背贴着砖墙上烤烤，太阳向着正南方蒸晒着他，让那家伙身上给苍蝇下卵而死去。可是我们说起这种奸恶的坏人做什么呢？他们犯了如此大罪，受这种苦难也不妨付之一笑。你们瞧上去像是正直良民，告诉我你们见国王有什么公干。你们如果向我孝敬孝敬，我可以带你们到他的船上去，给你们引见，悄悄地给你们说句好话。要是国王身边有什么人能够影响你们的请求的话，这个人就在你们的眼前。

小丑　他瞧上去是个有权有势的人，跟他商量，送给他些金子吧；虽然权势是一头固执的熊，可是金子可以拉着它的鼻子走。把你钱袋里的东西放在他手掌之上，再不用瞎操心了。记住，用石头砸死，活活地剥皮！

牧人　大爷，要是您肯替我们担任这件事情，这儿是我的金子；我还可以去给您拿这么多来，这个年轻人可以留在您这儿权作抵押。

奥托里古斯　那是说等我作了我所允许的事情以后吗？

牧人　是的，大爷。

奥托里古斯　好，就先给我一部分吧。这事情你也有份儿吗？

小丑　略为有点儿份，大爷；可是我的情形虽然很可怜，我希望我不至于给剥了皮去。

奥托里古斯　啊！那说的是那牧人的儿子呢；这家伙应该吊死，以昭炯戒。

小丑　鼓起精神来！我们必须去见国王，给他看些古怪的东西。他一定要知道她不是你的女儿，也不是我的妹妹；我们是全不相干的。大爷，等事情办完之后，我要送给您像这位老头子送给您的一样多；而且照他所说的，在没有去拿来给您之前，我可以把我自己抵押给您。

奥托里古斯　我可以相信你。你们先到海边去，向右边走。我略为张望张望就来。

小丑　我们真运气遇见这个人，真运气！

牧人　让我们照他的话先去。他真是老天爷派来帮我们忙的。（牧人、小丑下。）

奥托里古斯　假如我有一颗要做老实人的心，看来命运也不会允许我；她会把横财丢到我嘴里来的。我现在有了个一举两得的机会，一方面有钱财到手，一方面又可以向我的主人王子邀功；谁知道那不会使我再高升起来呢？我要把这两只瞎眼珠的耗子带到他的船上去；假如他以为不妨把他们放回岸上，让他们去向国王告发也没甚关系，那么就让他因为我的多事而骂我混蛋吧；那个头衔以及连带着的耻辱，反正对我都没有影响。我要带他们去见他；也许会有什么事情要见分晓。（下。）

冬天的故事

第五幕

第一场　西西里。里昂提斯宫中一室

里昂提斯、克里奥米尼斯、狄温、宝丽娜及余人等同上。

克里奥米尼斯　陛下，像一个忏悔的圣者一样，你已经伤心得够了。无论怎样的错处，您的忏悔也都已经可以补赎而有余。请您遵照着天意，忘怀了您的罪过，宽恕了自己吧。

里昂提斯　当我记起她和她的圣德来的时候，我忘不了我自己的罪；我也永远想到我对于自己所铸成的大错，使我的国统失去了嗣续，毁灭了一位人间最可爱的伴侣。

宝丽娜　真的，一点不错，陛下。要是您和世间的每一个女子依次结婚，或者把所有的女子的美点提出来造成一个完美的女性，也抵不上给您害死的那位那样好。

里昂提斯　我也这样想。害死！她是给我害死的！我的确害死了她，可是你这样说，太使我难过了；在你舌头上吐出来的这句话，正像在我心中的一样刻毒。请你少说几次吧。

克里奥米尼斯　您别说了吧，好夫人；千不说，万不说，为什么一定要说这种火上浇油的话呢？

宝丽娜　你也是希望他再结婚的。

狄温　要是您不这样希望，那么您未免太不能为王上设身处地想一想，假如陛下绝了后嗣，国家将会遇到怎样的危机，就是一筹莫展、袖手旁观的人也难脱身事外。还有什么事情比之让先后瞑目地下更为神圣呢？为了王统的恢复，为了目前的安慰和将来的利益，还有什么比再诞生一位可爱的小王子尤其神圣的事？

宝丽娜　想到已经故世了的王后，那么世上是没有人有资格继承她的。而且神们也一定要实现他们秘密的意旨；神圣的阿波罗不是曾经在他的神谕里说过，里昂提斯在不曾找到他的失去的孩子之前，将不会有后裔？这种事情照我们凡人的常理推想起来，正像我的安提哥纳斯会从坟墓里出来一样不可能，我相信他是一定和那婴孩死在一起了。可是你们却要劝陛下违反了天意。（向里昂提斯）不要担心着后嗣；王冠总会有人戴的。亚力山大皇帝把他的王位传给功德最著的人；他的继位者因此是最好的贤人。

里昂提斯　好宝丽娜，我知道你忘不了赫米温妮的贤德；唉！要是我早听你的话就好了！那么即使在现在，我也可以正视着我的王后的双眼，从她的唇边领略着仙露的滋味——

宝丽娜　那是取之不竭的；当您离开之后，它会变得愈加富裕。

冬天的故事

里昂提斯　你说得对。佳人难再得，我也不愿再娶了。要是娶了一个不如她的人，却受到胜于她的待遇，一定会使她在天之灵不安，她将重新以肉身出现在罪恶的人间，而责问着，"为什么对我那样？"

宝丽娜　要是她有那样力量，她是很有理由这样做的。

里昂提斯　是的，而且她要引动我杀害了我所娶的那个人。

宝丽娜　假如是我，我一定会这样的。要是我是那现形的鬼魂，我要叫你看着她的眼睛，告诉我你为了她哪一点不足取的地方而选中了她；然后我要锐声呼叫，你的耳朵也会听了震裂；于是我要说，"记着我吧！"

里昂提斯　她的眼睛是闪烁的明星，一切的眼睛都是消烬的寒煤！不用担心我会再娶；我不会再娶的，宝丽娜。

宝丽娜　您愿意发誓说不得到我的许可，决不结婚吗？

里昂提斯　决不结婚，宝丽娜；祝福我的灵魂！

宝丽娜　那么，各位大人，请为他立的誓作见证。

克里奥米尼斯　你使他激动得太过分了。

宝丽娜　除非他的眼睛将会再看见一个就像赫米温妮的画像那样跟她相像的人。

克里奥米尼斯　好夫人——

宝丽娜　我已经说好了。可是，假如陛下要结婚的话——假如您要，陛下，那也没有办法，只好让您结婚——可是允许我代您选一位王后。她不会像先前那位那样年轻；可是一定要是那种人，假设先后的幽灵出现，看着您把她抱在怀里，她会感觉高兴的。

里昂提斯　我的忠实的宝丽娜，你不叫我结婚，我就不结婚。

宝丽娜　等您的第一位王后复活的时候，您就可以结婚。

　　　　　　一侍从上。

侍从　启禀陛下，有一个自称为波力克希尼斯之子，名叫弗罗利泽王子的，带着他的夫人，要来求见；他的夫人是一位我平生所见的最美的美人。

里昂提斯　他随身带些什么人？他来得不大合于他父亲的那种身分；照这样轻骑简从，又是那么突然的样子看起来，一定不是预定的访谒，而是出于意外的需要。他的随从是什么样子的？

侍从　很少，也不大像样。

里昂提斯　你说他的夫人也同来了吗？

侍从　是的，我想她是灿烂的阳光所照射到的举世无双的美人。

宝丽娜　唉，赫米温妮！"现在"总是夸说它自己胜于比它更好的"过去"，因此泉下的你也必须让眼前的人掩去你的光荣了。先生，你自己曾经亲口说过，亲手写过这样的句子，"她是空前绝后的"；你曾经这样歌颂过她的美貌，可是现在你的文字已经比给你歌咏的那人更冷了。你怎么好说你又见了一个更好的呢？

侍从　恕我，夫人。那一位我差不多已经忘了——恕我——现在的这一位要是您看见了，您一定也会称赞的。这一个人儿，要是她创始了一种新的教派，准会叫别派的信徒冷却了热诚，所有的人都会皈依她。

宝丽娜　什么！女人可不见得跟着她吧？

侍从　女人爱她，因为她是个比无论哪个男人更好的女人；男人爱她，因为她是一切女人中的最稀有者。

里昂提斯　去，克里奥米尼斯，你带着你的高贵的同僚们去把他们迎接进来。可是那总是一件怪事，（克里奥米尼斯及若干大臣及侍从同下）他会这样悄悄地溜到我们这儿来。

宝丽娜　要是我们那位宝贝王子现在还活着，他和这位殿下一定是很好的一对呢；他们的出世相距不满一个月。

里昂提斯　请你别说了！你知道一提起他，又会使我像当时一样难过起来。你这样说了，我一看见这位贵宾，便又要想起了可以使我发狂的旧事。他们来了。

　　　　克里奥米尼斯偕弗罗利泽、潘狄塔及余人等重上。

里昂提斯　你的母后是一位忠贞的贤妇，王子；因为她在怀孕你的时候，全然把你父王的形像铸下来了。你那样酷肖你的父亲，跟他的神气一模一样，要是我现在还不过二十一岁，我一定会把你当作了他，叫你一声王兄，跟你谈一些我们从前的浪漫事儿。欢迎欢迎！还有你，天仙一样美貌的公主！——唉！我失去了一双人儿，要是活在世上，一定也会像你们这一双佳偶那样令人惊叹；于是我又失去了——都是我的愚蠢！——你的贤明的父王的友谊，我宁愿遭受困厄，只要能再见他一次面。

弗罗利泽　奉了他的命，我才到这儿西西里来，向陛下转达友谊的问候。倘不是因为年迈无力，他渴想亲自渡过了间隔着两国的山河而来跟陛下谋面。他吩咐我多多拜上陛下；他说他对您的友情是远胜于一切王位的尊荣的。

里昂提斯　啊，我的王兄！我对你的负疚又重新在我的心头搅动了，你这样无比的殷勤，使我惭愧我的因循的疏慢。像大地欢迎春光一样，我们欢迎你的来临！他也忍心让这位无双的美人冒着大海的风波，来问候一个她所不值得这样奔波着来问候的人吗？

弗罗利泽　陛下，她是从利比亚来的。

里昂提斯　就是那位高贵的勇武的斯曼勒斯在那里受人慑服敬爱的利比亚吗？

弗罗利泽　陛下，正是从那边来的；她便是他的女儿，从那边含泪道别。赖着一帆善意的南风，我们从那边渡海而来，执行我父王的使命，来访问陛下。我的重要的侍从我已经在贵邦的海岸旁边遣走，叫他们回到波希米亚去，禀复我在利比亚的顺利，以及我和贱内平安到此的消息。

里昂提斯　但愿可赞美的天神扫清了我们空气中的毒氛，当你们耽搁在敝国的时候！你有一位可敬的有德的父亲，我很抱歉对他负着罪疚，为此招致了上天的恼怒，罚我没有后裔；你的父亲却因为仁德之报，天赐给他你这样一个好儿子。要是我也有一双儿女在眼前，也像你们一样俊美，那我将要怎样快活啊！

　　　　　　一大臣上。

大臣　陛下，倘不是因为证据就在眼前，您一定不会相信我所要说的话。波希米亚王命我代向陛下致意，请陛下就把他的儿子逮捕；他不顾自己的尊严和责任，和一个牧人的女儿逃出了父亲的国土，使他的父亲对他大失所望。

里昂提斯　波希米亚王在哪里？说呀。

大臣　就在此间陛下的城里，我刚从他那儿来。我的说话有点昏乱，因为我的惊奇和我的使命把我搅昏了。他向陛下的宫廷行来，目的似乎是要追拿这一对佳偶，在路上却遇见了

这位冒牌的公主的父亲和她的哥哥，他们两人都离乡背井
跟这位年轻王子同来。

弗罗利泽　我上了卡密罗的当了；他的令名和真诚，向来都是坚
持不变的。

大臣　都是他出的主意；他陪着您的父王同来呢。

里昂提斯　谁？卡密罗？

大臣　卡密罗，陛下；我跟他交谈过，他现在正在盘问这两个苦
人儿。我从来不曾见过可怜的人们发抖到这样子；他们跪
着，头碰着地，满口赌神发咒。王上塞紧了耳朵，恐吓着
要用各种死罪一起加在他们身上。

潘狄塔　唉，我的可怜的父亲！上天差了密探来侦察着我们，不
愿成全我们的好事。

里昂提斯　你们已经结了婚吗？

弗罗利泽　我们还没有，陛下；而且大概也没有希望了，正像星
辰不能和山谷接吻一样；命运的残酷是不择高下的。

里昂提斯　贤侄，这是一位国王的女儿吗？

弗罗利泽　假如她成为我的妻子以后，她便是一位国王的女儿了。

里昂提斯　照着令尊的急性看来，这"假如"恐怕要等好久吧。
我很抱憾你已经背弃子道，失了他的欢心；我也很抱憾你
的意中人的身分与美貌不能相称，不配作你合适的配偶。

弗罗利泽　亲爱的，抬起头来。命运虽然明明白白是我们的敌人，
驱使我的父亲来追赶我们；可是它却全无能力来改变我们
的爱情。陛下，请您回想到您跟我一样年纪的时候，回想
到那时的您所感到的爱情，挺身出来为我的行事辩护吧！
只要您肯向我的父亲说句话，任是怎样宝贵的东西，他都

会看作戈戈小物而答应给您的。

里昂提斯　要是他真会这样，那么我要向他要求你这位宝贵的姑娘，被他所看作戈戈小物的。

宝丽娜　陛下，您的眼睛里有太多的青春。在娘娘未死之前，她是更值得受您这样注视的。

里昂提斯　我在作这样注视的时候，心里就在想起她。（向弗罗利泽）可是我还没有回答你的请求。我可以去见你的父亲；只要你的荣誉没有因你的感情而颠覆，我就可以协助你；现在我就去见他调停。跟我来瞧我的手段吧。来，王子。（同下。）

第二场　同前。宫前

奥托里古斯及侍从甲上。

奥托里古斯　请问你，先生，这次的谈话你也在场吗？

侍从甲　打开包裹来的时候我也在场，听见那老牧人说当时他怎样发见它的。他的话引起了一些惊异，以后我们便都奉命退出宫外；好像只听见那牧人说孩子是他找到的。

奥托里古斯　我真想知道后来的情形。

侍从甲　我只能零零碎碎地报告一些；可是我看见国王和卡密罗的脸色都变得十分惊奇。他们面面相觑，简直像要把眼皮撑破似的。在他们的静默里含着许多话语；在他们的姿势里表示着充分的意义。他们瞧上去像是听见了一个世界赎回或是灭亡的消息。他们的脸上可以看得出有一种惊奇的

冬天的故事

感情；可是即使观察最灵敏的人倘使不曾知道前因后果，也一定辨不出来那意义究竟是欢喜还是伤心；但那倘不是极端的欢喜，一定是极端的伤心。

　　　　侍从乙上。

侍从甲　这儿来的这位先生也许知道得更详细一些。什么消息，洛哲罗？

侍从乙　喜事喜事！神谕已经应验；国王的女儿已经找到了。在这点钟内突然发生的这许多奇事，编歌谣的人一定描写不出来。

　　　　侍从丙上。

侍从乙　宝丽娜夫人的管家来了；他可以告诉你更详细的情形。事情怎样啦，先生？这件据说是真的消息太像一段故事，叫人难于置信。国王找到他的后嗣了吗？

侍从丙　照情形看起来是千真万确的；听着那样凿凿可靠的证据，简直就像亲眼目睹一样。赫米温妮王后的罩衫，挂在孩子头颈上的她的珠宝，安提哥纳斯的亲笔书信，那姑娘跟她母亲那么相像的一副华贵的相貌，她的天然的高贵，以及其他许多的证据，都证明她即是国王的女儿。你有没有看见两位国王会面的情形？

侍从乙　没有。

侍从丙　那么你错过了一场只可以目击不可以言述的情景了。一桩喜事上再加一桩喜事，使他们悲喜交集，老泪横流。他们大张着眼，紧握着手，脸上的昏惘的神情，人们要不是看见他们身上的御袍，简直都不认识他们了。我们的王上因为找到了他的女儿而欢喜得要跳起来，乐极生悲，他只是喊着，"啊，你的母亲！你的母亲！"于是向波希米亚求恕；于是拥抱他的女婿；于是又搂着他的女儿；一会儿又向立在一旁像一道年深日久的泄水沟一样的牧羊老人连声道谢。我从来不曾听见过这样的遭遇，简直叫人话都来不及说，描摹都描摹不出来。

侍从乙 请问把孩子带出去的那个安提哥纳斯下落如何？

侍从丙 像一个老故事一样，不管人家相信不相信，要不要听，故事总是说不完的。他给一头熊撕裂了，这是那牧人的儿子说的；瞧他的傻样子不像是个会说谎话的，何况还有安提哥纳斯的手帕和戒指，宝丽娜认得是他的。

侍从甲 他的船和他的从人呢？

侍从丙 那船就在他们的主人送命的时候破了，这是那牧人看见的；因此一切帮着把这孩子丢弃的工具，在孩子给人发见的时候，便都灭亡了。可是唉！那时宝丽娜心里是多么悲喜交战！她的一只眼睛因为死了丈夫而黯然低垂，另一只眼睛又因为神谕实现而欣然扬举。她把公主抱了起来，紧紧地把她拥在怀里，似乎怕再失去她。

侍从甲 这一场庄严的戏剧值得君王们观赏，因为扮演者正是这样高贵的人。

侍从丙 最动人的是当讲起王后奄逝的时候，国王慨然承认他的过失，痛悼她的死状；他的女儿全神贯注地听着，她的脸色越变越惨，终于一声长叹，我觉得她的眼泪像血一样流下来，因为那时我相信我心里的血也像眼泪一样在奔涌。在场的即使是心肠最硬的人，也都惨然失色；有的晕了过去，没有人不伤心。要是全世界都看见这场情景，那么整

冬天的故事

个地球都会罩上悲哀的。

侍从甲　他们回到宫里去了吗？

侍从丙　不，公主听见宝丽娜家里藏着一座她母亲的雕像，那是
意大利名师裘里奥·罗曼诺费了几年辛苦新近才完成的作
品，那真是巧夺天工，简直就像她活了过来的模样；人家
说谁只要一见这座雕像，都会向她说话而等着她的回答的。
她们已经怀着满心的渴慕，前去瞻仰了；预备就在那儿进
晚餐。

侍从乙　我早就猜到她在那边曾经进行着什么重大的事情；因为
自从赫米温妮死了之后，她每天总要悄悄地到那间隐僻的
屋子里去两三次。我们也到那边去大家助助兴好不好？

侍从甲　要是能够进去，谁不愿意去？霎一霎眼睛便有新的好事
出来；我们去大可以添一番见识。走吧。（侍从甲、乙、丙
同下。）

奥托里古斯　倘不是因为我过去的名气不好，现在准可以升官发
财了。我把那老头子和他的儿子带到了王子的船上，禀告
他说我听见他们说起一个什么包裹，如此如此，这般这
般；可是他在那时太爱那个牧人的女儿了——他那时以为
她是个牧人的女儿——她有点儿晕船，他也不大舒服，风
浪继续不停，这秘密终于没有揭露出来。可是那对于我反
正是一样，因为即使我是发现这场秘密的人，为了我的别
种坏处，人家也不会赏识我。这儿来的是两个我无心给了
他们好处的人，瞧他们已经神气起来了。

　　　　　牧人及小丑上。

牧人　来，孩子；我已经不能再添丁了，可是你的儿子女儿，一

生下来就是个上等人了。

小丑　朋友，咱们遇见得很巧。那天你不肯跟我打架，因为我不
是个上等人。你看见没看见我这身衣服？说你没看见，仍
旧以为我不是个上等人吧；你还是说这身衣服不是上等人
吧。你说我说谎，你说，咱们来试试看我现在究竟是不是
个上等人。

奥托里古斯　少爷，我知道您现在是个上等人了。

小丑　噢，我已经做了四个钟头的上等人了。

牧人　我也是呢，孩子。

小丑　你也是的。可是我比我爸爸先是个上等人：因为国王的儿
子握着我的手，叫我做舅兄，于是两位王爷叫我的爸爸做
亲家；于是我的王子妹夫叫我的爸爸做岳父，我的公主妹
妹叫我的爸爸做父亲；于是我们流起眼泪来，那是我们第
一次流的上等人的眼泪。

牧人　我们活下去还要流许许多多的上等人的眼泪呢，我儿。

小丑　噢，否则才是横财不富命穷人哩。

奥托里古斯　少爷，我低声下气地恳求您饶恕我一切冒犯您少爷
的地方，在殿下那儿给我说句好话。

牧人　我儿，你就答应了他吧；因为我们现在是上等人了，应该
宽宏大量一些。

小丑　你愿意改过自新吗？

奥托里古斯　是的，告少爷。

小丑　让我们握手。我愿意向王子发誓说你在波希米亚是个冉规
矩不过的好人。

牧人　你说说倒不妨，可不用发誓。

冬天的故事

小丑 现在我已经是个上等人了，不用发誓吗？让那些下等人乡下人去空口说白话吧，我是要发誓的。

牧人 假如那是假的呢，我儿？

小丑 假如那是假的，一个真的上等人也该为他的朋友而发誓。我一定要向王子发誓说你是个很勇敢的人，说你不喝酒，虽然我知道你不是个勇敢的人，而且你是要喝酒的；可是我却要这样发誓，而且我希望你会是个勇敢的人。

奥托里古斯 少爷，我一定尽力孚您的期望。

小丑 嗳，无论如何你要证明你自己是个勇敢的人；你既不是个勇敢的人，怎么又敢喝酒，这事我如果不觉得奇怪，那你就不要相信我好了。听！各位王爷们，我们的亲戚，都去瞧王后的雕像去了。来，跟我们走，我们一定可以做你的很好的靠山。（同下）

第三场　同前。宝丽娜府中的礼拜堂

里昂提斯、波力克希尼斯、弗罗利泽、潘狄塔、卡密罗、宝丽娜、众臣及侍从等上。

里昂提斯 可敬的善良的宝丽娜啊，你给了我多大的安慰！

宝丽娜 啊，陛下，我虽然怀着满腔的愚诚，还不曾报效于万一。一切的微劳您都已给我补偿；这次又蒙您许可，同着友邦的元首和缔结同心的储贰光临蓬荜，真是天大的恩宠，终身都难报答的。

里昂提斯 啊，宝丽娜！我们不过来打扰你而已。可是我来是要看一看我的先后的雕像；我已经浏览过你的收藏，果然是琳琅满目，可是却还没有瞧见我的女儿专诚来此的目的物，她母亲的雕像呢。

宝丽娜　她活着的时候是绝世无双的；她身后的遗像，我相信一定远胜于你们眼中所曾见到，或者人手所曾制作的一切，因此我才把它独自另放在一处。它就在这儿；请你们准备着观赏一座逼真的雕像，睡眠之于死也没有这般酷肖。瞧着赞美吧。（拉开帏幕，赫米温妮如雕像状赫然呈现）我喜欢你们的静默，因为它更能表示出你们的惊奇；可是说吧——陛下，您先说，它不有点儿像吗？

里昂提斯　她的自然的姿势！骂我吧，亲爱的石像，好让我相信你真的便是赫米温妮；可是你不骂我更使我觉得你真的是她，因为她是像赤子一样温柔，天神一样慈悲的。可是宝丽娜，赫米温妮脸上没有那么多的皱纹，并不像这座雕像一样老啊。

波力克希尼斯　是啊！远不是这样老。

宝丽娜　这格外见得雕刻师的手段，使十六年的岁月一气度过，而雕出了假如她现在还活着的形貌。

里昂提斯　假如她活着，她本该给我许多安慰的，现在却让我瞧着伤心。唉！当我最初向她求爱的时候，她正也是这样立着，带着这样庄严的神情和温暖的生命，如同她现在这般冷然立着一样。我好惭愧！那石头不在责备我比它心肠更硬吗？啊，高贵的杰作！在你的庄严里有一种魔术，提起了我过去的罪恶，使你那孺慕的女儿和你一样化石而呆立了。

冬天的故事

潘狄塔 允许我，不要以为我崇拜偶像，我要跪下来求她祝福我。亲爱的母后，我一生下你便死去，让我吻一吻你的手吧！

宝丽娜 啊，耐心些！雕像新近塑好，色彩还不曾干哩。

卡密罗 陛下，您把您的伤心看得太认真了，十六个冬天的寒风也不能把它吹去，十六个夏天的烈日也不能使它干涸，欢乐是从没有这么经久的；任何的悲哀也早就自生自灭了。

波力克希尼斯 我的王兄，让惹起这一场不幸的人分担着你的悲哀吧。

宝丽娜 真的，陛下，要是我早想到我这座小小的石像会使您这样感动，我一定不给您看。

里昂提斯 别拉下帏幕！

宝丽娜 您再看着它，就要以为它是会动的了。

里昂提斯 别动！别动！我死也不会相信她已经不在——谁能造出这么一件神工来呢？瞧，王兄，你不以为她在呼吸吗？那些血管里面不真的流着血吗？

波力克希尼斯 妙极！她的嘴唇上似乎有着温暖的生命。

里昂提斯 艺术的狡狯使她的不动的眼睛在我们看来似乎在转动。

宝丽娜 我要把帏幕拉下了；陛下出神得就要以为她是活的了。

里昂提斯 啊，亲爱的宝丽娜！让我把这种思想保持二十年吧。没有一种清明的理智比得上这种疯狂的喜乐。让它去。

宝丽娜 陛下！我很抱歉这样触动了您的心事；可是我还能够再给您一些痛苦的。

里昂提斯 好的，宝丽娜，因为这种痛苦是像抚慰一样甜蜜。可是我仍然觉得她的嘴里在透着气；哪一把好凿子会刻得出气息来呢？谁也不要笑我，我要吻她。

宝丽娜　陛下，您不能！她嘴上的红润还没有干燥，吻了之后要把她弄坏了，那油漆还要弄脏了您的嘴唇。我把帏幕拉下了吧？

里昂提斯　不，二十年也不要下幕。

潘狄塔　我可以整整地站二十年瞧着她。

宝丽娜　好了吧，立刻离开这座礼拜堂，否则准备着更大的惊异吧。要是你们有这胆子瞧着，我可以叫这座雕像真的动起来，走下来握住你们的手；可是那时你们一定会以为我有妖法相助，那我可绝对否认。

里昂提斯　无论你能够叫她做些什么动作，我都愿意瞧着；无论你叫她说什么话，我都愿意听着。倘使能够叫她动，那么一定也能叫她说话。

宝丽娜　你们必须唤醒你们的信仰；然后大家静立。倘有谁以为我行的是犯法的妖术，他们可以走开。

里昂提斯　进行你的法术吧；谁都不准走动一步。

宝丽娜　音乐，奏起来，唤醒她！（音乐）是时候了，下来吧，不要再做石头了；过来，让瞧着你的众人大吃一惊。来，我会把你的坟墓填塞；转动你的身体，走下来吧，把你僵固的姿态交还给死亡，因为你已经从死里重新得到了生命。你们瞧她已经动起来了。（赫米温妮走下）别怕，我的法术并非左道，她的行动是神圣的。不要见她惊避，否则她将再死去；那时你便是第二次把她杀害了。哎，伸出你的手来；当她年轻的时候，你曾经向她求爱；如今她老了，她却成为求爱的人！

冬天的故事

里昂提斯 （抱赫米温妮）啊！她是温暖的！假如这是魔术，那么让它是一种和吃饭一样合法的技术吧。

波力克希尼斯 她抱着他！

卡密罗 她攀住他的头颈！假如她是活的，那么让她开口吧。

波力克希尼斯 是的，而且宣布她一向住在哪里，怎样会死而复生。

宝丽娜 要是告诉你们她还活着，那一定会被你们斥为无稽之谈；可是好像她确乎活着，虽然还没有开口说话。再瞧一下吧。请你走过去，好姑娘，跪下来求你的母亲祝福。转过身来，娘娘，我们的潘狄塔已经找到了。（潘狄塔跪于赫米温妮前。）

赫米温妮 神们，请下视人间，降福于我的女儿！告诉我，我的亲亲，你是在哪里遇救的？你在什么地方过活？怎样会找到你父亲的宫廷？我因为宝丽娜告诉我，说按照着神谕，你或者尚在人世，因此才偷生到现在，希望见到有这一天。

宝丽娜 那以后再说吧，免得他们都争着用同样的叙述来使你心烦。一块儿去吧，你们这辈命运的骄儿；让大家分享你们的欢喜吧！我，一只垂老的孤鸽，将去拣一株枯枝栖息，哀悼着我那永不回来的伴侣，直至死去。

里昂提斯 啊！别这样说，宝丽娜！我当初同意接受你指定的妻子，你也要接受我所指定的丈夫；这是我们约定在先的。你已经给我找到了我的妻子，可是我却不懂得事情的究竟；因为我觉得我明明看见她已经死了，好多次在她的墓前作过徒然的哀祷。我不必给你远远地找一位好丈夫，我有几分知道他的心。来，卡密罗，握着她的手；你的德行和正直为众人所仰望，并且可以由我们这一对国王证明。我们走吧。啊，瞧我的王兄！我恳求你们两位原谅我卑劣的猜疑。这个王子是你的女婿，上天替你的女儿做成了这件好事。好宝丽娜，给我们带路；一路上我们大家可以互相畅叙这许多年来的契阔。快走。（众下。）

冬天的故事